去听，山呼海啸的思念

珩一笑 — 著

台海出版社

图书在版编目（CIP）数据

去听，山呼海啸的思念 / 珩一笑著 . -- 北京 ： 台海出版社，2024. 7. -- ISBN 978-7-5168-3880-8

Ⅰ . I247.5

中国国家版本馆 CIP 数据核字第 202433E3T7 号

去听，山呼海啸的思念

著　者：珩一笑

出 版 人：薛　原　　　　　　　　责任编辑：俞滟荣

出版发行：台海出版社

地　　址：北京市东城区景山东街 20 号　　邮政编码：100009

电　　话：010-64041652（发行，邮购）

传　　真：010-84045799（总编室）

网　　址：www.taimeng.org.cn/thcbs/default.htm

E-mail：thcbs@126.com

经　　销：全国各地新华书店

印　　刷：长沙鸿发印务实业有限公司

本书如有破损、缺页、装订错误，请与本社联系调换

开　　本：880 毫米×1230 毫米　　　　1/32

字　　数：187 千字　　　　　　　　　印张：8

版　　次：2024 年 7 月第 1 版　　　　印次：2024 年 7 月第 1 次印刷

书　　号：ISBN 978-7-5168-3880-8

定　　价：39.80 元

目录

Contents

第一章 / 001
碰着熟人了

第二章 /023
我赌你输

第三章 /046
她是他的软肋

第四章 /068
你输了

第五章 /107
原来谈恋爱是这样的

第六章 /129
我是丛静至上主义者

第七章 /149
我们是分也分不开的关系

目录

Contents

第八章 /170
我对你山呼海啸的思念

第九章 /192
三生有幸，今世相逢

番外一 /218
我这是"恋丛静脑"

番外二 /226
去看，排山倒海的爱恋

番外三 /234
游泠善小朋友二三事

番外四 /243
我爱你

第一章

碰着熟人了

LUTING
SHANHUHAIXIAODESINIAN

"今天这节课上到这里，请大家认真完成课后作业。下课。"

丛静丢下粉笔，抱起一大沓作业本。课代表蹿上讲台："老师，我帮你。"

课代表是个女孩子，叫陈璐，现在的小孩子吃得好长得快，才十三四岁的年纪，比丛静还高。

丛静没有推托，领她到办公室，让她将作业放到桌上，抓了一小把糖给她，说了声"谢谢"。

"老师，不客气。"陈璐冲丛静咧嘴一笑，跑出办公室。

同办公室的语文老师问丛静："今天上课怎么样？"

丛静抽出一支红笔，开始批改作业，抽空答着："有几个还是很闹腾，管不住。"

"嗐，叛逆期嘛，这种孩子是要多费点心。"

丛静每次批改作业，都头疼得厉害，很简单的作业，他们写得一团糟，字迹当真跟鬼画符一样。但她还是秉着极大的耐心，认真地、一行行地看过去。

那语文老师凑过来看，皱眉说："这学习态度不行啊，小丛，你得想办法纠正他们。"

丛静谦虚应着："嗯，我知道了。"

下午，丛静从学校出来，天色雾蒙蒙的，看起来要下雨。她包里日常备着雨伞，倒也不惧，但仍是加快了步子，以免雨下得急，淋湿裤腿。

还没走到公交车站，雨就下下来了，又大又急。一连数日不曾落过一滴雨，久旱逢霖，尘腥味乍起，很是难闻。

丛静撑开伞，一路小跑，停下来时气喘吁吁。

刚收起伞，熟悉的铃声响了，她低头在包里翻手机，动作太大，伞上的水不小心甩到旁边的人身上，她忙说"对不起"。

"没事，丛老师。"

丛静下意识地抬头，入眼是一个穿着格子衬衫的男人，他戴着黑框眼镜，脚蹬运动鞋，温和地笑着，浑身书卷气。

手机拿出来了，男人示意她先接电话。

电话那头："喂？静静，下大雨了，要我来接你吗？"

风卷起雨丝往里飘，凉丝丝的，丛静往后退了退："没事，我带伞了。"

"哦，那好，你回来的时候能带瓶生抽吗？家里的用完了。"

"之前搞活动的时候我多囤了两瓶，放在厨房上面的柜子里，你找找。"

她静静等了会儿，然后对面的人听到，电话中传来："找到了！我去做饭了，你路上注意安全。"

"好。"

丛静挂了电话，这才对男人打招呼："沈老师，你也坐公交回去？"

沈铭信和丛静一个办公室，他教初一数学。他年轻帅气，很受学生喜爱。

"我平时骑单车，天气预报说今天下雨，就没骑来。"沈铭信说罢，又忍不住问，"刚刚那是……你男朋友？"

"是我室友。"

沈铭信看着这个女孩儿。人如其名，她文文静静的，刚来不久，和学生还没磨合好，有时她躲在角落哭鼻子，其他女老师纷纷拍着她的背，安慰她。

她脾气好，人虽算不上顶漂亮，可她娇小白净，是典型的南方姑娘长相，十分顺眼。

背地里，他们讨论过好几回她是不是单身，但因还不熟，没有贸然问。

眼下看来，八成是单身。不然下着雨，怎么自己挤公交车回家。

沈铭信悠悠地"哦"了声，转了话题："你坐几路车？"

这时，丛静说："我的车到了。沈老师，我先走了，再见。"

他笑意不减，说："明天见。"

这个时间点，又下雨，车厢里很挤，丛静把自己缩得很小，紧紧抓着扶手。

她很敏感，身上某一处被碰到，她都会下意识去看。

这次也是。是一个女生的挎包，随着车子的刹车，顶到她的腰。

提心吊胆的滋味并不好受，还好她只要坐五站。

一到站，丛静挤着下了车，松了口气。她又思考起，等下个月发了工资，买辆电瓶车代步的问题。

到家时，丛静闻到玉米炖排骨的香气，惊呼："哇，今天徐大厨做硬菜啊！"

"哪里。"徐梦宁举着一个汤勺，"你尝尝咸淡。"

丛静凑上去叼走排骨，又喝掉汤，冲她竖了个大拇指："赞！"

徐梦宁做了一个炒菜加一道汤，两个人正好吃完，丛静负责洗碗、刷锅、倒垃圾。这是她们俩分好的。要是丛静下班早，就由她买菜做饭。

她们当了四年大学室友，毕业后，又合租这套二居室，生活得很和谐。

饭后，丛静回卧室备第二天的课。徐梦宁复习，她工作几个月后，觉得还是上学好，所以辞掉工作，准备考研。她六七点就起了，背专业课背单词，房子不是很隔音，不过丛静也起得早，两人互不打扰。

备完课，时间也不早了。

丛静趁着徐梦宁还在学习，洗完澡，把衣服搓了，一件一件抖开，晾在阳台上。

她看到对面阳台有个男人光着膀子抽烟，他似乎也在看她。晾完衣服，她就赶紧进屋了。

当初，租这套房子时，丛静就犹豫过，离对面楼太近了，感觉没什么隐私。但除了这点，别的无可挑剔，最后由徐梦宁拍板，租了下来。

门铃响了。

丛静踮起脚，透过猫眼往外看。门外站着两个男人，那个高个子戴着帽子，低着头摆弄手机，看不清脸。另一个拎着一个工具箱，看样子四十岁左右。

她将门打开一条缝，身体抵着门板，低声问："这么晚了，谁啊？"

"不是你们要修门吗？"

丛静想起来了，徐梦宁早上跟她说过这回事，房东说晚点叫人来修，没想到一晚就晚到了现在。

单听声音，一般辨不出成年后的人的年纪，不过丛静觉得有些耳熟，问："你是……房东太太的先生？"

房租、水电、燃气都是线上付的，她只知道房东是位大姐，人还挺好的。

"我是何卉凤的外甥，她今天没空。"

是了，房东就叫何卉凤。

"哦哦，好的，稍等我一下。"

丛静进屋披了件外套，才把门敞开："不用换鞋了。"她让他们进来。

之前答话的男人这才把视线从手机屏幕上移开，他懒懒地迈步而入，扫了眼屋内，包括一瞬间呆滞的丛静。

她穿着条吊带睡裙，V领的，露出一截白皙的细颈，然而，一件毫无版型可言的运动款外套，将所有的旖旎遮住。

配上她的表情，像他要怎么样了一样。

两个人面面相觑，仿佛时间定格。

直到他勾起唇角，笑了笑："好巧啊，丛、静。"

丛静不知道为什么，他念她的名字，念出一种咬牙切齿的感觉。她原还担心，放两个男人进屋不安全，现在她更应该考虑的是，能不能装失忆。

可她不能。

于是，她也扯了个笑："是啊，好巧。"

一旁的维修师傅开口："是哪扇？"

丛静趿着拖鞋，走到自己卧室："这扇，关不上了。"

维修师傅检查了一下，说："应该是锁舌坏了，要整个换掉。我先把它卸下来，明天带新锁来换。"

丛静问："钱是……"

"这你不用管。"

丛静"哦"了声："那谢谢你们了。"

她没觉得不好意思，这锁的问题是上个租客遗留下来的，现在是彻底罢工了。

徐梦宁听到动静，出来看，正要说什么，被倚在墙边的男人骇得一个磕巴。

两间卧室，一北一西，坐北朝南的那间是主卧，面积大，归徐梦宁。此时三个人都聚在侧卧的门口。

他一身黑，连帽子都是黑的，显得人很瘦，他又塌着肩膀，上半身靠着墙面，两条长腿叠交，两指捏着手机晃，懒散得不行。

这脸，这姿态，不是游子遇又是谁？

徐梦宁以为自己在做梦，视线在丛静和游子遇之间转了个来回。

游子遇不一定记得她，但她，和其他几个室友，没一个不认识他的。再扩大范围到她们班、她们系，也是如此。

丛静不得不说："他是房东的外甥。"

"啊——"徐梦宁意味深长地拖长音，对游子遇说，"我是丛静的大学室友……"

他颔首："我认识你，你们几个我都认识。"

三人一时陷入无言。

过道狭窄，丛静站在门内，和游子遇隔着不过三两步的距离。她抿着唇，视线定在门上。

实际上，维修师傅用的什么工具、怎么操作的，她全无所觉。

锁很快卸下来了，门板上只剩几个光秃秃的洞。

维修师傅收好工具，问："明天上午你们有人在家吗？"

徐梦宁说："我都在的，师傅你直接敲门就好。"她给丛静使眼色，"静静，送送师傅。"

丛静将他们送到玄关，再次说："谢谢你们这么晚还特地来一趟，辛苦了。"

游子遇那双桃花眼微微挑起。丛静穿着拖鞋，在他面前，身高是最大的劣势，他居高临下地看她。

一秒，两秒，他施施然说："以前怎么没见你对我这么客气。"

丛静说："我们现在又没什么关系。"

游子遇倒不气，若有所思地点头："也是。"他转过身，摆了摆手，"就送到这儿吧。"

丛静本来也没打算十八相送。

人一出去，丛静就把门"啪"地关上。

她突然想起，连杯水都没给人倒。

游子遇毫不怀疑，脚要是收得再慢一步，会被门夹个结实。

维修师傅是何卉凤叫的，游子遇闲着也是闲着，被使唤过来看看情况。

他拨了个电话过去，简单汇报了几句。

何卉凤漫不经心地应了声："好，完事了就早点回家吧。"

"我都二十多了。"

"那也别在外面鬼混。"

游子遇自是不会听她的，思绪一转，问："明天换锁，我还用去吗？"

"肯定得去。租客是小姑娘，有你盯着点也好些。"

"行吧。"

他答得勉强，但一低头，唇角却是弯了弯。

游子遇的迈巴赫车身也是全黑，他与车与夜，几乎融为一体。

他驾车驶上繁华的街道，霓虹流光溢彩，越发衬得他的表情空白、眼睛无神，因他五官的原因，堪称是冷冽。

他这个表情一直持续到进入"虹"。

朋友对他的厌世脸早已习以为常，抬手把他招到卡座："游子，这儿。"

现在还早呢，夜生活刚刚开始，尚未到"妖魔鬼怪"横行的时间。

游子遇是最后到的，桌上的酒才开了几瓶，他单手启开一瓶威士忌，拿了个新杯子，给自己倒了三分之一满，放松地靠着沙发背，跷起二郎腿。

"上来就这么猛，碰着啥好事了？"

别人喝烈酒是浇愁，图一醉，熟悉游子遇的都知道，他心情好才喝。

游子遇握着杯子的手指点了点，酒液被冰过，杯壁凝了水珠，润湿他的指腹。他说："好事没碰着，碰着熟人了。"

"哟，女人吧。"

一说，其他几人鞭然而笑，纷纷调侃："能让游大少爷在意的，哪方神圣啊？"

"有这么一号人，还来跟我们喝啥酒啊，温柔乡就够醉了吧。"

"别乱说，游子正经人儿，跟咱们不一样。"

音乐鼓噪，卡座内光线暗，游子遇坐得靠里，偶尔打来一束光，杯中琼液，清俊公子，最是蛊惑人，尤其是贪念皮囊美色的女人。

他跟他们不一样在，他不是来者不拒，他对这些没兴趣。

游子遇仰头，喝尽杯中酒。旁边人拿起酒瓶，又给他斟了些。

烈酒入喉，他却没半分醉意，说："你们都认识的。"

他们一愣，说："游子，好马还不吃回头草呢。"

有人说："'草'都没吃过，哪儿来的回头？"

游子遇皱紧眉，眼神锐利地看向说话人，后者立马给自己一个嘴巴："瞧你说了些啥，该打。"

几个男人，又是一群爱玩的，在一起喝酒，难免有时酒精上头，说话过了火。他们太久没再听说"丛静"这个名字，一下失了分寸。

他们不敢再议论此事，扯到工作的事。

游子遇朋友很多，有的是发小，有的是同学，有的不知道怎么认识的，年龄差不多，什么身份都有。

随便几个聚到一起，有钱的出钱，没钱的人来，一边喝，一边天南海北地聊，快乐至上。但经济基础决定上层建筑，玩得久的，差不到哪儿去。

用游子遇他爸的话说，就是蛇鼠一窝。

游子遇吃吃喝喝，一整瓶威士忌被他喝光，时间也到了凌晨。

几个人要么喝得东倒西歪，要么嗨了，抱着兄弟说胡话。游子遇张口骂他们："一群菜狗，喝不了还喝这么多。"

"嘿嘿！"

骂归骂，游子遇还是结了账，把他们挨个塞上车。他的酒量遗传自父亲，从小开始练，不说千杯不醉，至少一瓶的量还不够他醉倒，但这么一通忙活，头真的隐隐痛了起来。

他去便利店买了包烟，打火机车上就有。他蓦地想起什么，顿了顿，到底没点烟，只叼在嘴里，过个干瘾。

代驾到时，夜风把游子遇吹清醒不少，上了车，窗户大开，饶是如此，一身酒气仍未消散。

陈姨睡了，他自己到厨房，泡了杯温热的蜂蜜水。

外面响起脚步声，离他越来越近，一个穿着白色睡裙，披着长发的女人出现在面前。

游子遇说："深更半夜的，别这么搞，怪吓人的。"

"喝了多少？"

"没多少，"他放下杯子，"睡了。"

女人看着他的背影，最后仍是没再说什么。

丛静没有看天气预报的习惯，之前总有人提醒她，后来没了，她就纯凭体感来决定穿什么。

早餐是水果、鸡蛋、麦片、牛奶，营养丰富，方便易食。

徐梦宁吃过，就回房继续学习了。

昨天下过一场雨，气温就降了，丛静下身是牛仔裤，上身是T恤加小外套，脚上是双高帮帆布鞋，干净、大方、得体，语文老师标配。

丛静这份工作，还是大学老师给介绍的。

恒英中学是所私立的完全中学，丛静毕业于S大汉语师范专业，不能再对口了。比起公立学校，这里没有编制，压力更大，但相对的是，薪水也要高一些。

初中一个年级十个班，丛静教三个初一班，每班只有四十多人。

之前的老师辞职回家生孩子了。丛静临时接手，有些正值青春期的学生欺负她性子好，课堂上很闹腾，被她冷处理，时间久了学生们就觉得没意思了，丛静也慢慢进入状态。

她年纪轻、资历浅，学校没让她当班主任。

丛静上了一上午课，嗓子干涩不已，回到办公室时咳了几声。

桌上多了一盒金银花茶，她顺着方向，转头看去，沈铭信不知何时，从斜对面的办公位过来了。

他脸上还是那种人畜无害的微笑："保护嗓子的，没事就泡一杯。"

"谢谢沈老师了。"

丛静当着他的面，拆了一包，倒进杯中，起身去饮水机接开水。

沈铭信像是心满意足地回到自己的位置。

中午，丛静和几个老师一起去教工食堂吃饭，不远处的沈铭信见了，也端着餐盘坐过来。

他自然地和丛静搭话："丛老师，怎么不打汤？"

丛静解释："我海鲜过敏。"

"紫菜也不能吃吗？"

"里面有虾米。"

沈铭信低头看了看："哦，是。"

他的意图过于昭彰，惹得一旁的曲敏笑起来："沈老师，你怎么不关心我没打汤？"

沈铭信也笑："我知道，你嫌食堂的汤是涮锅水。"

曲敏是和他们同办公室的那个语文老师，她三十来岁，平时最是爱好八卦。

"你倒是滴水不漏。"

曲敏弯肘轻轻顶了下丛静："小丛，看沈老师一表人才的，你觉得怎么样？"

丛静礼貌一笑："我觉得挺好的。"她坦然得很，脸上没半点羞涩，像是真没那个意思。

曲敏对沈铭信耸耸肩，他神色未变，反而揶揄起曲敏："你叫我沈老师，叫丛老师倒是一口一个小丛，差别对待啊。"

曲敏说："小丛还跟个学生样，不像你，都一把老油条了。"

丛静被逗乐，说："沈老师，你也叫我小丛吧。"

沈铭信："行啊，小丛。"

曲敏："没想到，沈老师叫人可以这么肉麻啊。"

沈铭信清了清嗓子，又叫："小曲。"

曲敏不放过他："不一样不一样，太刻意了。"

丛静之前被某人死缠烂打地追过，面对这种程度的玩笑，她可以处之泰然，听若罔闻。

中午午休时间长，有两个多小时，所以有的老师会选择回家吃饭。

留在学校的也方便休息，每个人都配了把折叠躺椅，工位宽，完全够放。有的躺下去玩手机，有的小憩，丛静为了不打扰他们，走到走廊上，想了想，下了楼，走到操场上。

她给母亲拨了个电话。

聊的无非是旧三样：最近工作情况、父亲身体状况，再是一堆叮嘱。

她一个人在外地，母亲对她有诸多不放心，聊着聊着，丛静已经在操场绕了三四圈。

最后，母亲说："不打扰你休息了，我给你寄了点吃的，你和梦宁分着吃。"

"妈，你不用给我寄，你们自己吃好点就行了。"

"知道了，你快去休息吧。"

丛静本来也想毕业回家乡，离父母近，好照顾他们。但小地方，工作机会不多，薪资普遍偏低，她就留在 C 市，想着先赚钱，以后的事，以后再说。

母亲对于她的决定，一贯是放手，只是再三嘱咐，一个人出门在外，要注意安全。

丛静一直很感谢父母，他们从不逼她做什么，不会给她设目标，给了她极大的尊重和支持。

徐梦宁就很羡慕丛静的家庭关系，她考研都是顶着家里的压力在考的，没收入就算了，还要伸手向家里要钱，她憋屈，又不得不忍着。

丛静回到办公室后，在休息的几个老师陆陆续续醒了。

孙晓玲提议点奶茶，问他们要不要一起。

曲敏最先响应，几个男老师说不爱喝这玩意儿，孙晓玲问丛静："小丛，你点不点？"

丛静想了想说："我请你们吧，不喝奶茶的话，咖啡可以吗？"

有人说："小丛，你才来没多久，工资就那么点，不用你请啦。"

丛静说："没事，我平时受你们照顾，就一杯奶茶而已。"

他们就没有再推辞。

点好后，外卖送不到校内，得去校门口拿。

沈铭信主动请缨："小丛，你一个人拎不动，我陪你去吧。"

刚走到门口，有个老师过来找他有事，曲敏拖上孙晓玲陪丛静去，丛静心下暗松一口气。

三个人，一人拎了两杯。曲敏插上吸管，直接喝起来："小丛，你说你是在 C 市上学，那你家是哪里的？"

"Z 市的。"

"那还挺近的，高铁也就两个小时哦？"

"差不多。"

曲敏又问："你将来会回去吗？还是打算在 C 市定居？"

丛静摇摇头："暂时不太确定。"

曲敏："不过来回方便，距离不是个问题。我认识一老师，在 C 大任职，老婆孩子在老家，每个星期坐半个多小时高铁回家。"

孙晓玲笑说："沈铭信给你什么好处啊，你这么偏着他说话。"

"哪有，随便聊聊。"

其实丛静有些尴尬。

之前沈铭信就对她表现出好感，但他不点破，同事也就偶尔调侃一下，她知道曲敏想把他们凑对，没恶意，也不好说什么。

丛静想，至少得明确传达自己的意思。

于是，她说："我爸身体不好，可能过几年要回去，沈老师在这边有家有业的，跟我确实不太合适，我目前也没考虑这事。"

曲敏愣了下，很快反应过来，说："嗐，我真的不是帮他说话，但君子成人之美嘛，你要没想法，那肯定不会强人所难嘛。"

丛静笑笑："沈老师人是挺好的。"

孙晓玲说："这好人卡他估计不会收。"

三个人一起笑起来。

回家路上，丛静看到一个大爷挑着担子卖草莓，她问了下价格，不贵，还挺新鲜，便称了一斤。

今天下班得早，徐梦宁还在学习，丛静打算自己下厨。

进房间准备换衣服时，发现门上还是那几个洞，她敲了敲徐梦宁的房门，问："师傅今天没来啊？"

"没。"

丛静奇怪："不是说上午来吗？"

"有什么事耽误了吧，没师傅的电话，也不好老是问房东。"

丛静心道算了，也不急在这一时片刻。她又说："吃草莓吗？我给你洗。"

"吃！"

丛静换了身舒适的家居服，挽起袖子进厨房。厨艺还是她出来租房后，才学的一门技术，现在的水平，只能叫"像样"。

她拿一个玻璃碗，装了些草莓，给徐梦宁送去，然后翻着冰箱，思考该做什么。

门铃响的时候，丛静正在切胡萝卜。鉴于刀工有限，她切成块，准备和土豆、排骨一起下锅炖。排骨还在水里解冻。

她被铃声吓了一跳，手抖了下，差点切到手。

丛静放下刀，在猫眼里看了眼来者，才开门。

维修师傅说："不好意思，今天白天有急活耽误了。你在做饭啊？现在方便吗？"维修师傅旁边照旧站着游子遇。

"刚开始，方便的。"

丛静用一次性杯子倒了两杯水，分别递给他们。

"谢谢。"

丛静闻言看向游子遇。他虽然总是站姿懒散，挺不直腰背的样子，但身高的优势，还是需要她仰头。

今天他没戴帽子，穿衣还是偏深色系。他接过杯子，没喝，另一只手插在外套口袋里。

丛静看游子遇的同时，游子遇也在打量她。

和昨天的素颜不一样，她脸上有淡妆，长发绾成一个丸子头，身前系着一个粉色雏菊图案的围裙。

小巧又居家。

他不动声色地转开视线，瞥了眼厨房，砧板上还剩着一截没切完的胡萝卜。

说实在话，他以前幻想过这样的场景，差不多就是这样的。

维修师傅喝了水，带上新锁和工具，蹲在地上拆包装。

丛静和游子遇两个人一起盯着他。

换锁很简单，维修师傅手法熟练，分分钟就能搞定，再不开口，就来不及了，游子遇问："你现在在哪儿上班？"

"啊？"丛静看得入了神，"我在恒英中学。"

"当语文老师？"

"嗯，教初中。"

游子遇环抱着双臂："我以前就觉得，当老师挺适合你的。"

以前……丛静心弦动了一下，总是要有个人先提起的。她尽量以寻常的语气说："你呢？"

他耸耸肩，表情很无所谓："无业游民一个。"

也是。丛静想，他家有钱，哪怕不工作，只要不作死败家，坐吃山也不会空。

"行了。"维修师傅试了试，确认无误后，把钥匙给丛静，"一共两把。垃圾我帮你丢出去吧。"

丛静："好，谢谢您了。"

"没事儿，顺手的事。"

丛静依旧把他们送到玄关。

游子遇没有留下来的理由。走前，他撑着门框，侧过身，说："丛静，可以把我从黑名单里放出来了吗？"

丛静说："我没拉黑你。"

游子遇的眼神是在问"你确定吗"，她补充了句："我是把你给删了。"

他一瞬不瞬地看着她，不轻不重地说："你还真绝，我自认没哪里对不起你，你这么对我？"

三分委屈，三分愤怒，剩下几分，掺杂着她听不懂的情绪。

丛静和他对视，不躲不闪，似乎这样更显得她理直气壮："我们没关系了，留着微信也没必要吧。"

"怎么没关系？校友不算？"

旁边的维修师傅看看他，又看看她，一副吃瓜的表情。丛静无奈道："今天之后，我们可能都见不到面了，加上干吗？"

"谁说见不到的？何卉凤准备把这套房过给我，我就是你房东。"

"？"

游子遇当然是瞎说八道，他昨天才知道她住这里。话说出来后，他才意识到，有这么个法子哎。他开口向何卉凤要，何卉凤也不会不给。

丛静哭笑不得，她觉得荒诞可笑，也真的笑了："游子遇，你怎么还跟以前一样，死缠烂打的啊？"

她笑了，游子遇绷紧的表情也松懈了。他在手机上点了几下："加上吧，不然以后有的你受。"

不等她应话，他已经出去了。

丛静在原地呆了呆，想不通，怎么事情就变成了这样。

她没管手机，把饭菜做好，叫徐梦宁出来吃饭。

徐梦宁一见丛静，就问："游子遇今天又来了啊？"她在房里，隐约听到他的声音。

丛静顺水推舟，把他们的对话告诉了徐梦宁。徐梦宁笑说："看不出来啊，游子遇这么个玩世不恭的少爷，对你还挺痴情的。他说得对啊，你为什么不接受他？"

"我又不喜欢他。"

丛静垂着眼睛扒饭，徐梦宁也无法评断她话中的真伪，只是……

"那个时候，你们除了确定关系，跟情侣没两样了啊。"

丛静疑惑："在你们眼里，我们是这样的吗？"

徐梦宁连点几下头："对啊，你看他的那样子，我到现在还记得，眼睛里跟闪着光一样你知道吗？"

丛静被徐梦宁的形容肉麻到，说："可我不喜欢他，真的。"为了增强可信度，她还加了个"真的"。

徐梦宁耸耸肩："你说不喜欢，那就不喜欢咯。"

她这个动作，让丛静脑海中闪过游子遇的脸，他走到哪儿，都是一副提不起精神、没兴趣的样子，把"丧"这个字演绎到了极致。

丛静一直不明白，有钱有颜，有资本潇洒快活，可他怎么好像很少真正开心过。

二十来岁，本该是最轻狂的年纪。他不是。

刚开始，他追她，还有人开玩笑说，他像是在追债。

洗碗的活归徐梦宁，丛静拿起手机，躲进房里。连她自己也不知道，在心虚什么。

微信正下方果然多了个小红点。

这么久了，他的头像和名字都没换——游乐王子，动画版的。

就是听到他朋友叫他"游子"，她调侃了一句像游乐王子，他就改了。这么小学生的形象，亏他顶得住。

她嫌弃幼稚，把他的微信备注改成"游子遇"，想了想，又加了个"学长"。

既然他说是校友，那就只是校友。

对方立马弹来一条消息。

游乐王子：干吗不对我开放朋友圈？

CCCJ：生人勿"进"。

丛静本来想说"不要得寸进尺"，觉得太冲，显得他们多熟似的。

游乐王子：我刚认识你那会儿，你就对我开放。

CCCJ：年轻不懂事。

游子遇大概是被她堵得哑口无言，半天没回。

丛静为了静心，找了部人文类的纪录片看。片子比较沉闷，看得云里雾里的，没看两集她就睡着了。

"丛静？丛静？！"

丛静惊醒，起身开门。徐梦宁拍拍胸口："吓我一跳，问你去不去洗澡，半天没应，我还以为你出事了，差点就要把你这新装的锁给砸了。"

"我睡着了。"丛静不好意思地挠挠头，"你先去洗吧。"

电热水器比较小，为了防止洗到中途没热水，前一个人洗完会立马补充热水。

徐梦宁去洗澡了，丛静看了眼时间，不知不觉都十点了。iPad还在播放纪录片，丛静也没心思再看，翻了下微信。

工作小群里，曲敏他们在讨论五一去哪儿玩。

物业群里，住户在反映停车、水管、快递等等问题。

大学同学群里，有人拉票，下面一溜整齐的"已投"。

还有各种商家发活动、促销，公众号推送，广告……消息一大堆，没什么值得回复的。奇怪的是，游子遇居然没动静。

那年，丛静大二，游子遇大三，他追她，时不时就来她面前刷存在感，她几乎不主动找他，以为这样，他没意思了，就不会再骚扰她。

他坚持了一年，断断续续地，给她买早餐、陪她上课、看她兼职……

后来，他果然不来了，有一段时间，丛静不觉得解脱，反而是极度不习惯。

两年多了，消失两年多的游子遇，又出现在她眼前，她心情很复杂。

她拍拍自己的脸，告诉自己：不要沉湎于幻象，眼下打工赚钱最重要。

这天，丛静早早到达办公室，只有沈铭信一个人在，他一边啃三明治，一边埋头写教案。

丛静跟他打了声招呼，在自己的位置坐下。

沈铭信咽下口里的食物，清了清嗓子，问她："小丛，你吃早餐了吗？"

她点头："在家吃过了。"

"马上五一了，你有什么打算吗？"

丛静清明假回过一趟Z市，母亲让她不用再折腾了，暑假再回去。她说："还没想好。"

"正好，你要是没事的话，我们办公室几个老师约好，自驾去E市玩，三天两夜，一起吧？"

E市就在C市旁边，很近，是个小有名气的旅游城市。

丛静大学去过，囫囵玩了一个周末，但她思忖片刻，还是应下来。

陈璐来办公室找丛静："丛老师，什么时候开始默写啊？"

丛静昨天布置的任务，说今天早读课要默写古文。她说："七点半开始，半个小时够了吧？"

陈璐点点头："好，我去告诉他们。"

到了时间，丛静带上一沓A4纸去教室，以小组为单位发下去。

"默写《陋室铭》《爱莲说》两则古文，要求字迹工整清晰，注意不要写错字，不要看别人的，作弊被我抓住的罚抄二十遍。

不过关的下午重新默。"

教室里一片哀号，丛静指了指钟："八点结束。"

丛静到处走动着，防止他们作弊抄袭。

她忽然看到窗外一个高大的人影，便定神去看，人影却已经走过去了。

半个小时后，丛静准时收默写，有的同学还想改，她严肃地说："再不交，成绩就做零分处理。"

丛静走到门口，听到隔壁办公室传来说话声。

这很正常，不正常的是，那道熟悉的、漫不经心的声音——

"谢谢老师费心了，我会传达给他父母的。"

丛静探头，想确认是不是他，猝不及防和一道视线相撞。

"丛老师，有什么事吗？"

男人原本背对她，听到这句，转过头看她，她躲也来不及了。

游子遇坐在初一（8）班班主任严老师对面的椅子上，倒比往常多了几分正襟危坐的意思，他眼中不见惊讶，反而是饶有兴致。

开口的是严老师。她是资深教师，眼神锐利，丛静莫名没底气，磕巴道："哦，我是想问今天有没有时间，给学生组织一下默写。"

"有两节自习课，看你方便吧。"

"好的。"

丛静要退开，严老师又叫住她："这个是赵光韬的哥哥，他语文成绩那么糟糕，你跟他哥哥沟通一下吧。"

"呃……"

第二章

我赌你输

QUTING
SHANHUHAIXIAODESINIAN

丛静只好迎着两个人的目光，走进办公室。

"赵光韬同学的哥哥，你好。"

丛静自己都觉得尴尬，游子遇却面不改色，还应了声。

她含蓄地说："他对语文的学习态度……挺差的。"

游子遇笑了声，说："丛老师，你尽管说，不用委婉。"

丛静便简明扼要地把赵光韬上初中以来，课堂表现、作业完成情况等等，一一分析。

赵光韬其他科目还好，理科算拔尖，对语文是尤为抵触，根本原因是他不重视。

作业不写，或者乱涂乱画敷衍了事，上课不听课，和同学打闹说笑，屡教不改，甚至放话说"我就是不学语文"，云云。

游子遇看着她，也不知道听没听进去。

丛静作为文科生，身上多少有点演讲的天赋，一通条分缕析，洋洋洒洒，口都说干了。

然后，游子遇点了点头："严老师，要不把赵光韬叫过来，接受一下丛老师的教诲？"

丛静："……"

严老师也觉得这人不像个负责任的主，但马上要打铃了，也不好耽误学生上课，于是说："今天就到这里吧。赵光韬哥哥，麻烦你跑一趟了。"

游子遇颔首："不麻烦。"

到此，丛静也不知道，赵光韬犯了什么错，才要叫家长。

严老师拿上课本，准备去上课。丛静带着一沓作业纸回自己办公室，岂料，游子遇缀在她身后，一起进去了。

曲敏、孙晓玲、沈铭信等人纷纷抬头看他。

曲敏笑着说："哟，打哪儿来的帅哥？"

丛静睨他一眼："他是学生家长。"

"哪个学生的？"

"赵光韬。"丛静想起他就头痛。

"是他啊。"曲敏对帅哥有天生的好感，熟络地搭话，"你是他哥哥还是？"

"哥哥。"游子遇又道，"表的。"

曲敏说："那你们家基因还挺好的。"

"哪里哪里。"游子遇语气平淡，"他继承他爸的基因比较多，比起我，还是差了点。"

曲敏"扑哧"乐出声，说这样的话，完全不会让人觉得他自负、骄傲，也就是因为有这么一张脸了。

丛静坐下，游子遇从一旁拖来一张转椅，也跟着坐下。她怕曲敏八卦，低声问："你干什么？"

"我找赵光韬还有事，总不能让我在外头罚站吧。"

"那你去严老师办公室啊，她才是你弟弟的班主任。"

"她不是上课去了？我一个人坐那儿多傻。"

丛静上下打量他："他真是你表弟啊？"

"干吗？以为我找托啊？"游子遇好笑，"他真是何卉凤的儿子。"

私立中学学费贵，但可以把孩子丢给学校管，对于忙碌且有钱的人来说，确实是一个更好的选择。

丛静就当他说的是真的了。

曲敏倒了杯水，过来递给他："来，喝水。"

游子遇礼貌地道谢，接过来，抿了一口，就放到桌上，掏出手机打起游戏来。声音没关，丛静瞪他一眼，他立即开了静音。

这一眼，曲敏没看到，坐在对面的沈铭信却看到了。

丛静毕竟是年轻老师，批作业不熟练，一份份看过去，很费时间。

游子遇静音，输了一局，觉得很没意思。他用脚尖压地，一使力，转过椅子，撑着头看她。

和大学刚及肩的中短发不同，她把头发留长了，烫得微卷，披着，偶尔伸手勾一下。这样的她更温柔小意，也更成熟。

或许是批改到糟糕的答卷，她蹙着眉头，落笔飞快，还带着不小的力度。头发又滑了下来，她握笔的那只手将头发往耳后捋，墨水在她鬓边划出一道痕。

游子遇没忍住，轻声一笑。

安静、不大的办公室，他这一声着实有些突兀。

丛静扭头，脸上那点愠怒、烦躁未消，游子遇向前探了几厘米："丛老师，在批什么？"

"默写。"

他拿起一份她刚批完的，一张纸上除了标题，没写几个字，下面两行朱批：这是很基础的文章，希望能好好背诵，不要对老师也不要对自己敷衍。

"这一届学生不行啊，"游子遇啧啧有声，"搁我，我连标题都不写。"

丛静把纸抢回来，不予理会，继续批。

他的套路，她可太熟悉了，就是为了引起她注意，说一些不着调的话。

游子遇似乎也意识到了这点，不再打扰她，但也不打游戏，架起二郎腿，光看着她。

这感觉，她熟悉又陌生。

丛静整个大学四年都很忙，课余时间，她一直奔波于兼职、实习，现在毕业了，她大部分精力还是投入工作中。

只是大二那年，多了游子遇这么个意外。

当时，丛静在一家咖啡馆打工。

薪资不高，但工作环境好，上班时间弹性大，没什么事的时候，她还可以学习。

游子遇很容易知道她在那里兼职，因为离学校只有十几分钟的车程。他摸清她上班的规律，专挑她在的时间，开车过去，点一杯咖啡，坐大半天。

丛静对他这类人有偏见，觉得他坐不住，耐不住寂寞。

但游子遇无所谓，他时间一大把，没有重要的事要做，也没有重要的人要见，在哪儿耗不是耗？

后来，丛静成了他唯一经常要见的人。

丛静也搭过游子遇的顺风车回学校。

彼时，他开的只是一辆奥迪。

她会请他喝咖啡、吃饭，帮他做PPT，也会默许他陪她上课、兼职，课业压力太大，她还会朝他吐槽、抱怨。

但她说，做朋友可以，恋爱，不适合他们两个人谈。

就这样，她都觉得自己是"渣女"了，可他还是跟没事人一样，追了她一年。

一节课四十五分钟，很快到了尽头。

丛静正好改完答卷，开始赶人："下课了，你去找赵光韬吧。"

说罢，她不管他的反应，率先出去，到教室叫来陈璐，吩咐陈璐登记没过关的，这部分人找时间再过一次。

丛静是在初一（7）班的门口和陈璐说话，游子遇两手揣兜，拖着步子走到八班后门，喊道："赵光韬。"

两人距离不到半米。

陈璐也看到了游子遇，小声地感叹："哇，好帅。"

赵光韬蹦出来："哥。"

游子遇勾着他的背，把他带到走廊窗户边："胆子肥了啊，敢顶撞老师了？"

"哪有，我就是实话实说而已。"赵光韬瞄了眼丛静，撇撇嘴，"就这点小事还叫家长啊？"

"虽然老师不计较你犯的错，但你必须得跟老师道歉。"

闻言，丛静一愣，游子遇抬手招呼她："丛老师，麻烦过来一下。"

丛静跟陈璐说："你先进去吧。"

说罢，她迈步朝他们走过去。

初中生正是好奇心最旺盛的时候，陈璐想看后续，扒着门框偷看偷听，其他同学也跟着来凑热闹。

那边，游子遇拽了把赵光韬："向老师道歉。"

丛静这才将事情串起来。

前两天上课，赵光韬当着全班人的面，扬言"学语文有个屁用，老子就是不学，也不会听你叨叨，你算老几，你管得着吗"。

丛静才毕业没多久，到底没经验，被学生这样怼，她强撑着上完课，在饮水机旁接水时，越想越委屈，眼泪就掉了下来。

被同事一安慰，她收拾好心情，没有告诉严老师，照常上课。

不知道此事怎么传到严老师耳里了，严老师还叫了赵光韬家长。

十几岁的男孩子自尊心强，赵光韬犟着，不肯开口。

游子遇拍了拍他的后脑勺，暗处用了点力，脸色冷下来，沉声道："说。"

赵光韬大概是畏惧哥哥，犹豫地说："丛老师，对不起。"

游子遇："声音这么小，没力气啊？大声点，你哪儿错了？"

赵光韬抬高音量，一口气说："丛老师对不起！我不该自以为是不该冲你吼，下次不敢了！"

游子遇："还有下次？"

赵光韬的声音又虚了："没下次了。"

丛静都傻眼了，她这才知道，游子遇有这么凶的一面。

转瞬，游子遇又换了副面孔，哥俩好地攀着赵光韬："考个好大学，两百万以下的车，任你挑，哥送你。"

赵光韬眼睛一亮："真的假的？"

他知道，他哥上大学都只开几十万的奥迪，现在才换了奔驰。

"骗你不成？但你看看你现在的成绩，偏科偏成这样，别说考大学了，考高中都悬。还有六年，小子，以后好好上语文课，听到没？"

少年人情绪来得快，去得也快，赵光韬高兴地应："得嘞！"

典型的打个巴掌给颗糖。这糖也确实够大够甜的。

普通打工人，大学拿助学金、国家励志奖学金的丛静看得叹为观止，同时，她更加明白，她和游子遇，就是两个世界的人。

身后传来叽叽喳喳的说话声。

"赵光韬家这么有钱啊？"

"你看他身上衣服就知道啦，都是大牌哎。"

"他哥哥好帅啊！"

…………

丛静对游子遇轻声说："学生在，我们换个地方说话吧。"

他们走到楼下，铃响了，零散的学生拔腿就跑。

丛静这才说："谢谢你。"

游子遇说："本来就是他不对，对人不对事，哦不，对事不对人。"

丛静沉默了半秒："不管怎么样，谢谢你帮我。"

游子遇说："何卉凤忙着做生意，没时间管他，他又到了叛逆期，他本质还是个好孩子。"

"嗯，我知道。"

凌晨下过一场雨，这时，太阳还没出来，空气和地面都很湿润。

丛静问他："你车停在哪儿？我送你。"

游子遇说："你没课吗？"

"下节课。"

那游子遇自然是欣然至极的。

外来车辆不允许进入校园，游子遇的车停在校外。

他半扶着车门："你下午什么时候下班？"

丛静揣着双臂，仰起头，似在迟疑。半晌，她说："游子遇，你能不能，不要刻意来找我？你很辛苦，我也很困扰。"

恒英中学占地面积广，离市中心较远，但也不算偏僻，时有车辆、行人经过。

暮春的风，一阵阵吹过，吹得江面泛起涟漪，柳枝低垂轻扬，人心也摇晃难定。

黑色轿车旁，一男一女相对而站，男方的长相、车，皆引人侧目。

大学时，他就是这样的存在，整个商学院、文新学院，没有人不认识他。而丛静在认识他之前，则是普通得不能再普通的学生。

她不觉得她是灰姑娘，但游子遇确实挺"王子"的。

"我不辛苦，"游子遇冷静地说，"我也看不出你困扰。"

丛静抿唇，他又补了句："从那天到现在，我们一共见了三面，你觉得我缠着你了吗？样本参考是不是太少了？"

她说："那你刚才……"

"想请你吃顿饭，就当替赵光韬赔罪了。"

"他已经道过歉了，我也接受了。"

"那就感谢你。"

丛静摇头："这是我老师的职责所在，你不用'贿赂'我，被学校知道，我要挨罚的。"

游子遇说一句，被她堵一句，他没法了，干脆耍赖："那我以个人的身份请你。"

"你刚还不承认。"

"来都来了，也不算特意吧，要么……"

"算了，"丛静放弃和他掰扯，"就今天中午吧。我请你，权当谢谢你帮我换锁。"

说不上是种什么心理，她睡前一定得反锁房门——虽然真到遭遇窃贼时，这道锁一点用都没有。但换好了锁，谢是该道。

游子遇笑了下："行啊，我等你。"

"我十二点下课。"

丛静看了眼时间，准备回去，游子遇的手突然伸过来，她下意识地倒退一步。

他歪着头，视线凝在她的脸颊上，手掌托着她的下巴，大拇指按在某一处。她的皮肤被吹得冰凉，他用力地搓了搓，手感是软弹的。

他有些苦恼地说："擦不掉了哎。"

他指腹温热，存在感太强，丛静心头一颤，把他的手拍掉："什么？"

"自己看。"

丛静打开手机前置摄像头，只看到自己的脸上有一道划痕。她无语，他早不说晚不说，被学生看见后才告诉她。

游子遇笑笑："走吧，晚点见。"

上课前，丛静去厕所，用水沾湿纸巾，对着镜子，使劲地搓擦那道划痕，皮肤都搓红了，印子才擦没。

三节课结束，丛静回办公室收拾包。曲敏见状，问："小丛，你不和我们去食堂啊？"

"不了曲老师。"

沈铭信说："你要去哪儿？我正好要回家，可以载你。"

"没事，我和我朋友一起。"

曲敏立即八卦地问："朋友？男的女的哇？"

丛静怕她追问，索性说："女的。"她挎上包，笑着对他们挥手，"我先走了。"

沈铭信跟他们打声招呼，也走了。

丛静走得挺快的，沈铭信作为男人，步子大，没多久就跟上她了。

她低头看手机，没有注意到他。

沈铭信的方向和她相反，在楼下分道扬镳，他在车里坐了会儿，才启动，开往校门口。

时间卡得刚刚好，门卫给他升杆放行时，丛静也出来了。

车子缓慢滑行，沈铭信从后视镜看到，丛静走到路边，一个男人替她拉开副驾座的门，接着，自己绕过车头。他无意识地扫了一眼对方的车。

沈铭信一下认出来，那个男人，是赵光韬的哥哥。

原来他们认识吗？

沈铭信敛起打量的目光。

丛静低头研究怎么扣安全带，游子遇探过身，帮她扣上。

.032.

那一瞬，他近在咫尺。他身上没有任何气味，只是很干净清爽的气息。

"谢谢。"

丛静抓紧包的肩带，在他离开的一刹，鼻头忽感到痒意，她抬起手，偏过头，捂住口鼻，打了个喷嚏。

她翻了翻包，发现忘了带纸，瓮声瓮气地问："有纸吗？"

游子遇拉开储物柜，丛静看到纸巾盒旁边，有一盒拆过封的烟。

他说："不是我的，我没抽。"

"哦。"她擦了擦鼻子。

丛静十分厌恶烟味，几乎是生理性的，以前父亲也抽，按她的要求给戒了。这些，她跟游子遇说过。

追她的时候，游子遇什么都乐意听她的，为她改变。

她想说，没必要，做你自己就好，但终究没说。

游子遇问她："去哪儿？"

"那边有个商场，人也不多，我们去那儿吧。"

路上，游子遇手机响了，他瞄了眼来电人，径直挂断。那人也没有再打来。

丛静问："我有个问题，不知道会不会冒昧。"

"我没什么禁忌，你随意。"

"何……房东太太，她不是你小姨吗？你为什么直呼她名字？"

路面宽，游子遇单手操控方向盘，尚游刃有余："她没比我大几岁，她让我这么叫的。"

丛静心算了下，奇怪："赵光韬都十三岁了吧？"

"何卉凤十八岁怀的他，她是单亲妈妈。"

"哦。"

再追问下去，就很隐私了，丛静适时闭嘴。

游子遇轻描淡写地说："何卉凤虽然是我小姨，其实更像我姐姐。赵光韬也算是我看着长大的，所以他还算听我的话。"

丛静知道他是独生子，但他其他的家庭关系，她一无所知。

其实，他们认识这么久，她对他知之甚少。除了有游子遇没提过的原因，她也没主动问。

停车场很大，游子遇随便找了个车位停下。

两人路过一家自助烤肉店，268元一位。丛静肉疼，咬咬牙，还是进去了。

游子遇身上有很多富二代的通病——挑食。他挑食不是不吃，是沾一沾筷子，吃一两口做样子。

吃自助餐，品种丰富，他愿意吃什么便拿什么，也省得她纠结。

服务生领着他们找座位，两人再一起去夹菜，结果一看，她的盘子里有海鲜，他的没有。

游子遇："你不是海鲜过敏吗？"

"你不是爱吃吗？"丛静拿夹子夹鱿鱼放进烤盘里，"这鱿鱼蛮新鲜的。"

游子遇夹五花肉放进去，她喜欢用生菜包着肉和酱，一口吃下去，接着，听到她笑了声："哎，鱿鱼，游子遇，还挺适合你的。"

"……"

好烂的谐音梗。

肉食顶饱，没多久，丛静就吃撑了。

游子遇拿着剪子，慢条斯理地剪肉，她起身说："我去下洗手间。"

丛静回来时，顺便去前台问，能不能免停车费。

前台礼貌地说："消费满两百元，出示小票可以免费停车两小时哦。"

"好，谢谢。"

虽然游子遇不在乎这点毛毛雨，但丛静的想法是，反正随手的事，能省一点是一点。

丛静跟游子遇说了，他顿了顿，说："我有这家商场的会员金卡，应该直接免了吧。"

轮到丛静："……"

她正色说："你知道我拒绝你最大的原因是什么吗？"

"是什么？"

"我们俩差距太大了。以前我不让你送我礼物，是因为我明白，以你的消费水平，你送的东西我还不起。"

游子遇不以为意："那我消费降级，和你同一水平线，你就能接受了吗？"

"可是根源没变。"

游子遇搁下烤肉夹，认真地看着她："我可以从家里脱离出来，不靠他们一分一毫。"

丛静一怔，心跳都快了几拍。她不怀疑他的能力，他不是被养废的脓包富二代，他只是丧得不想努力，不想费脑。

大三那一年，他该拿的证也都考到了。只要他想。

丛静镇定下来，反问："你是'恋爱脑'啊？"

游子遇大方承认了："是吧。"

"你这样的人，追什么女孩追不到？你有没有想过，你就是追不到，才对我念念不忘。"

"那你有没有想过，为什么隔了这么久，我没找过你？"游子遇撑着头，"因为我也是这么想的。可是再见到你，我还是想追你。这期间，我没有对别人有过这种感觉。"

"你喜欢我什么啊？我……"

她话音未落，他打断道："你要说你改？"

丛静摇头："我不改，我觉得我自己挺好的。"

"既然你挺好的，为什么我不能喜欢你？"游子遇说话还是不慌不忙，还夹五花肉到她碗里，"再吃点。"

"比我好的多得是啊，我就是一个普通人。"

"比我有钱的也多得是啊，我也是一个普通人。"

他们好像陷入了死胡同。

丛静思考着出路，不知不觉就把他夹来的肉吃了，吃完才反应过来：自己吃不下了呀。

游子遇浅浅笑了下，说："要不然这样。"

她抬头看他。

"你拒绝你的，我追我的，看谁先认输。"

看似是场公平的拉锯战，然而，丛静总觉得，是自己吃大亏。

最后也没个结论。

游子遇送丛静到校门口，她挎着包，头也不回地走了。

他降下车窗，手肘压在上面，脑袋探出来，叫她名字："丛静。"

没反应。

他提高音量，又叫："丛老师。"

丛静终于无奈回头，长发随着动作轻轻甩起来。

游子遇觉得，那一瞬间，她美得不可方物。顿了顿，他才说："我还没有回答你那句话。"

"嗯？"丛静想不起来。

"喜欢是种很抽象很主观的事，有的是刻在基因里的审美，说出来，别人不一定能理解。类似于，讨厌香菜的，理解不了喜欢香菜的。"

他铺垫了这么一段话，丛静已经懂他的意思了。

"如果是我的心选择了你，我的大脑可能无法给出一个逻辑自洽的答案，毕竟，它的属性是'恋爱脑'嘛。"

尽管很不合时宜，但丛静忍不住，笑了笑。

她不得不承认，游子遇这个人，在很多不经意的时候，能够戳到她的点。

只要不提及某些话题，他们相处得过于和谐，可以有说有笑。

估计这就是为什么，在徐梦宁她们看来，他们和情侣无异。

游子遇说："我们之间的对赌，我赌你输。我敢赌的，就没输过。丛静，你等着看吧。"

他不是空有自信，他不傻，他看得出来，丛静不是铁板一块，她为他心肠柔软过。

丛静立在原地，静静地望着他。

这样的距离，足够看清彼此的表情变化。他们似乎都想从蛛丝马迹中，找出对方的破绽。

在这场无声博弈中，两人使尽全力，对方却无懈可击。

平静下的暗涌，仅自己知晓。

游子遇目送丛静的身影消失，给何卉凤回拨了个电话过去。

响了几下，对方就接了。

"严老师怎么说？"

"让你多管管你儿子，别让他走歪路了。"

何卉凤沉默了下，她自知对孩子的教育亏欠许多，却无法给出相对的回应："别的呢？"

游子遇驾车驶上大马路，车窗没有升上去，他任凭风放肆灌入："让他给语文老师道了个歉。"

"行吧，你把事情处理好就行。"何卉凤听到风声，知道他在开车，没再深究，又说，"今晚回家吃饭吧？"

他刚想说"不回"，话音到嘴边，变成："今天他生日是吧。"

"就简单吃个饭，他也很久没见过你了。"

游子遇轻嗤一声，不屑："是他不想看到我好吧。"

"毕竟是亲人，他老人家就是嘴硬罢了。"何卉凤怕他反悔似的，"回来吧，吩咐厨房做几道你爱吃的菜。"

晚上，游子遇开车到老宅别墅，车驶进车库。

何姨来应门，帮他拿拖鞋："小遇，好久没来了，最近怎么样呀？"

"就那样。"室内气温比外面高，游子遇脱了外套，里面是一件白衬衫，有那么几分正式。

"老爷子在书房。"何姨拍了拍他，语重心长，"他最近身体不太好，你们好好聊。"

"知道了。"

游子遇腿长，三两步迈到二楼，叩了叩门。

"进。"

何承远坐在沙发上，身上是舒适的家居服，头也没抬。

游子遇只站在门口处喊了声"外公"，然后没了声响。

何承远抬头，目光穿过老花镜镜片，锐利不减分厘："还要我请你进来？"

"我就是上来跟您老打声招呼。"游子遇散漫地说，"如果您要是没什么吩咐，我先下去了。"

"罢了，你下去吧，在这里还碍我眼。"

游子遇无所谓地关上门，插着兜下楼，何姨抬手招他："小遇，来吃点东西吧，估计你也饿了。"

游子遇拿了点水果吃，没碰糕点，他嫌腻。

何卉凤过了会儿才姗姗来迟，看到他一副打不起精神来的样子，说："今天老爷子生日，别拉着张脸。"

游子遇扯了个笑脸，何卉凤说："算了，你别笑了。"

他又耷拉着眼皮，面无表情地打游戏。

何卉凤用力地捶游子遇的肩膀，捶出响声来了："我真想不通，你一个年轻小伙子，天天这么丧干什么。"

"人生没意思呗。"

"无趣就找个班上。"

"更没意思。"

何卉凤恨铁不成钢："你说你，毕业不上班，女朋友也不谈，你打算这样天天混日子啊？"

"不好吗？反正除了你，我越烂，越没人在意，说不定他们喜闻乐见。"

"你……"

何承远从楼上下来了。

何承远中年丧妻，老年丧女，如今家里小辈只剩何卉凤和游子遇。他又素来看不惯游子遇，好话说不了几句。游子遇能做得最好的，就是不吭气。

饭桌上，一直是何卉凤陪着何承远聊天，游子遇只顾埋头吃菜。

就这样，何承运还要说他："你这不是吃挺多的吗？怎么瘦成杆子一样。"

游子遇胡诌："女孩子喜欢呗。"

"那你二十四了，也没带个女朋友回来看看。"

"我不思进取、不求上进，哪个女生看得上啊，您还不如指望赵光韬呢。"

游子遇在何承运面前，要么不说话，一说准气人，反正祖孙俩说不拢。

何卉凤知道两个人都有问题，却不能说父亲的不是，于是教训游子遇："你说的哪门子胡话呢？"

"反正再没女孩子喜欢，我也会自己找。"游子遇扒了最后两口饭，起身，对着主位的何承远鞠了一躬，"外公，祝您福如东海，寿比南山。"

不管他们什么反应，他径直走了。

何承远也没叫住他，甚至不让何卉凤去追他。

何卉凤重新坐下，没忍住说："我会好好劝劝他的，他只是这么多年，还走不出他爸妈的阴影。"

"那你去劝有什么用？他自己想不通，都是空的。"

"爸，您也是，之前就不该……"

何承远眼神沉下来："他走就走吧，二十多岁的人了，没点自己的主张吗，管他做什么？吃饭！"

何卉凤心里叹了口气，也不敢再忤逆他。

"小丛，今天中午吃的烤肉？"

丛静在资料柜找东西，孙晓玲恰好在旁边，如是问。

闻言，丛静拎起衣领，低头嗅嗅："味道很大吗？"

"还好。"孙晓玲来恒英中学才两三年，她和丛静算同龄人，更唠得来，她拍了拍丛静，"吃好吃的不叫我们。"

"下次有机会一起啊。"

沈铭信听到她们的对话，始终一言不发。

丛静心大，也没意识到不对劲。

下午，丛静收到邮政快递取件信息，她猜是母亲寄来的包裹到了。

丛静搭公交车到站，先去驿站，顺便帮徐梦宁的件也取了。

拿到手的时候，她震惊了——母亲往里装了多少东西，这么重？

丛静费劲巴拉地抱着纸箱子，进了单元楼，乘电梯，打开门，"嘭"地把箱子放下，叉着腰喘气。

休息片刻，她才蹲下去，用美工刀划开胶布。

徐梦宁听到动静，从厨房出来，"嚯"的一声：啥啊这是？"

知道丛静现在在外租房，自己做饭，母亲给她寄了一堆腊货、干货，这么一大堆，也不便宜。

徐梦宁羡慕死了："你妈也太好了吧。"

丛静拿出一条腊肉："切一小块下来，炒着吃吧。"

于是，徐梦宁做了道番茄蛋汤、鱼香肉丝，又加一道蒜薹炒腊肉。

饭后，丛静洗碗，手机响了几声，她擦干手，掏出来看。

游乐王子：我朋友叫我去钓鱼，那边有很多湖心岛，还可以租架子烧烤，你想去吗？

游乐王子：你后天放假了吧？

游乐王子：你可以叫上你室友一起。

CCCJ：我要和我同事团建。

游乐王子：噢。

游乐王子：去哪儿？

CCCJ：机密，无可奉告。

游乐王子：喊，小气鬼喝凉水。

丛静嘀咕了句："喝了凉水变魔鬼。"

徐梦宁来厨房倒水喝，听到，差点一口水喷出来："你说啥呢？"

丛静收起手机，笑了下。

第二天的课上完，所有的老师和学生都舒了口气。

"终于放假了！"

办公室里，孙晓玲抱怨："要是这个世上没有调休就好了。"

曲敏说："想想明天就出去玩了，嗨起来。"

丛静问她："谁开车啊？"

曲敏说，开两辆车，沈铭信开他的城市越野，坐着舒服，她们三个女老师跟他的车。

丛静又问："可以自费带家属吗？"

曲敏惊讶："小丛，你有男朋友啦？"

"不是。"丛静忙摆手，"我室友，她最近忙着考研，想问问看，能不能带她一起出去透透气。"

"没问题啊，非常欢迎。"

"行，敲定后，我再告诉你们。"

正好，徐梦宁觉得自己再继续学，脑子都要炸了，干脆放松几天。

当天晚上，她们收拾好行李，第二天一大早起来化妆，等沈铭信来接她们。

她们几个人里，曲敏年纪最大，自然坐副驾，后座宽敞，丛静、徐梦宁、孙晓玲三人坐着也不拥挤。

他们和另一辆车在高速收费站口会合。

徐梦宁对自己的形容是，女生"外向"，很快和她们聊开了。

两个多小时的车程，有聊有吃，半点不显得无趣。

抵达 E 市后，他们先去酒店办理入住手续。

八个人，正好四间标间。丛静随便拿了张房卡，上楼才发现，她们和沈铭信恰巧是挨着的。

沈铭信说："待会儿我们一起下去。"

丛静点点头："好。"

门一关，徐梦宁就说："你同事人都挺好的哎，但凡我当初和我同事有这么融洽的关系，我也不会毅然决然辞职考研了。"

那几个月，她憋屈至极，工作多薪资少不说，还要忍受奇葩同事、龟毛上司。

丛静附和说："学校氛围确实好一些。"

"我实习之后，深刻明白，我不是当老师的料，罢了。"

他们在大堂集合。

按照计划，他们第一天开车比较累，就先去几个旅游景点，晚上逛夜市，吃吃喝喝。第二天，去一个安岛湖水库，那里特别大，风景很漂亮，可以游船、烧烤、钓鱼。

丛静想到游子遇说的，不会这么巧吧？

"走吧。"徐梦宁挽着丛静，兴冲冲的，看样子，她真是被关久了。

刚放五一假，人特别多，买什么都要排队。

一个白天下来，他们疲惫不堪，几个男老师说回酒店打牌，还有精力的就去逛夜市。

夜市是 E 市的特色，毋庸置疑，晚上更是人挤人，可不去，又有点遗憾。

丛静去过，可去可不去，孙晓玲特别想去吃美食，央求丛静和曲敏陪她。沈铭信说她们女生晚上出门不安全，他跟她们一起。

徐梦宁也累了，让丛静帮她带吃的回来。

最后，就他们四人结伴而行。

果然，一眼看过去，灯火通明，人头攒动。

为防被人群冲散，三个女生手拉着手，沈铭信紧紧跟在丛静身后。

偌大的夜市，卖什么的都有，美食、手工艺品、氢气球，其中以小吃最多，目不暇接。

因为有的要排队比较久，慢慢地，他们就两两散开，约好十点一起回酒店。

丛静觉得，与其避嫌，不如坦然，沈铭信八成也从曲敏那儿得知了她的态度。

一路上，丛静看见新鲜的各色小吃，停下来买，沈铭信就在一旁站着等。她问："沈老师，你不吃吗？"

沈铭信说："我晚上忌口，尤其是重油重盐的。"

丛静看了看手里的炸鲜奶、烤苔皮和半根芝士烤肠，"哦"了声："这种生活方式很健康。"

她边走边吃，沈铭信还是买了份生煎包。

丛静笑笑说："偶尔吃一次，没关系的，这样放纵的快乐更是弥足珍贵。"

沈铭信咬了口生煎包，肉汁香气在口腔中弥漫开。他赞同："你说得对。"

丛静又觉得口渴，去一家网红果茶店排队。

她一手拿着东西，一手给徐梦宁发消息，问徐梦宁想吃什么，结果因为人太多，信号不好，半天发不出去。

忽然，她被撞了下，一个踉跄，差点撞到前面路人的后背，幸好被人扶住。

她理所当然以为是沈铭信："谢谢你，沈老师。"

"沈老师？你再看看。"

第三章
她是他的软肋

QUTING
SHANHUHAIXIAODESINIAN

丛静听到这道熟悉的声音，还以为自己精神恍惚了，一看，还真是游子遇。

人潮如织的夜市，热闹喧嚣，人声鼎沸，他的长相、他的嗓音，太有辨识度了。除了游子遇，再无其他人。

她再一看，沈铭信走到一边人少点的地方，低头在看手机。

游子遇放开她，手揣进兜里："这回不是我找你，纯属巧合。缘分来了，挡都挡不住。"

丛静的猜测应验了，他说的，就是那个安岛湖水库。

她不信邪都不行了。

丛静问他："你一个人？"

"和我朋友，他们在逛，我看到你，就自己过来了。"他看向沈铭信，"你说的团建，结果跟男同事出来玩？"

"是啊是啊，怎么了？"丛静信口应了，带着一股"你能拿我怎么样"的勇气。

"没怎么，我就是看你玩得挺开心的。"游子遇表情管理强得很，心里哪怕再气再酸，脸上也是云淡风轻的。

丛静觉得他说得咬牙切齿的，心底发笑。

这时，沈铭信收了手机，走过来："哎，你不是赵光韬的哥哥嘛。这么巧，你也来 E 市玩？"

游子遇"嗯"了声："他在学校这么出名啊？"

沈铭信笑笑："我教他们班的数学。"

数学老师啊。游子遇不着痕迹地打量沈铭信，这打扮，确实挺"理科男"的。

"游子！"

游子遇的朋友在大声喊他，其中不乏青春靓丽的女孩子，看着年纪和丛静差不多。

还说我呢。丛静腹诽。

轮到丛静了，她要了一杯果茶，付完款，又要等。出了餐，丛静却发现游子遇还没走。

"你不跟你朋友走吗？"

"我让他们先走了。"游子遇自然地接过她另一只手里的东西，"我帮你拿。"

沈铭信说："曲老师她们说马上买好了，在入口那儿等我们。"

丛静："……"

游子遇挑挑眉，似笑非笑地看她，勾着塑料袋的手指一晃一晃，样子看着特别有趣。

这个沈老师，真会找时机给她打脸。

丛静故作镇定："我给徐梦宁买点吃的，我们就回吧。"

游子遇哂然一笑，徐梦宁都来了，还诓他，存心气他，仗着他拿她没办法是吗。

这么一想，气反而消了，连带看沈铭信都顺眼了不少。游子遇自来熟地问沈铭信："沈老师，你们住哪儿？"

沈铭信是个实诚人，丛静还没来得及阻止他，他已经说了酒店名字。游子遇在地图上搜了下，说："离这儿挺近的。"

丛静咬了口烤肠，不想说话。

游子遇忽然定睛看她，她的眉毛描过，拉得弯而长，涂了眼影，打了高光，口红被吃掉了一些，红红绿绿的灯光下，显得尤为鲜妍。

游子遇："你大学时，都不怎么化妆。"

"以前没时间，也没需求，工作之后总得化一点。"丛静口里嚼着东西，有点含混不清。

到这里，沈铭信再听不出来他们是什么关系，就是傻子了。

"你们是大学同学？"

"不算。"丛静摇头，"就是校友，他是我学长。"

"她少说了一点。"游子遇个子高，手肘一抬，轻易地压在丛静肩上，如此一来，两人显得亲密不少，"我还是她的追求者。"

徐梦宁趿着酒店的一次性拖鞋，给丛静开门，号着："你终于回来了，饿死了。"

"你明明傍晚才吃过饭。"

丛静手里的食物散发出诱人的香气，被徐梦宁迫不及待地抢走。

"我也不知道为什么，出来玩胃口就尤其好。"

沈铭信在门外跟丛静叮嘱："你们记得插上防盗闩，注意安全。"

"谢谢沈老师，你早点休息。"

徐梦宁啃着排骨，问："你怎么了？"

丛静还没洗澡，不想上床，往沙发里一躺："在夜市碰到游子遇了。"

徐梦宁惊讶得差点破音："那刚才岂不是修罗场？"

"修啥啊。"

"曲敏姐跟我说，沈老师也追过你。"她一副吃瓜的表情，"不过我觉得沈老师没什么胜算。"

丛静失语，曲敏不愧是曲敏。

狭窄的空间里，满是浓烈的调料香，丛静拿着睡衣进浴室洗澡。

徐梦宁倚在磨砂玻璃门边，和她说话："你告诉他，他特地追来 E 市的？"

"没有，巧合。"

水声"哗啦啦"的，徐梦宁又问："你们聊什么了没？"

温热的水从头顶浇下来，丛静闭着眼睛，脑海中浮现出他那句"追求者"，说："没聊什么。"

丛静放在桌上的手机响起来，徐梦宁看了眼，是游子遇拨来的语音通话。

徐梦宁顿时乐了，真是说曹操，曹操到啊。她扬声喊："游子遇的电话，接不接？"

"挂了，别理他。"

徐梦宁挂了，过了会儿，他又打来，再挂，再打，锲而不舍。

丛静服了："你跟他说，我等下出来接。"

徐梦宁右手满是油，左手单手打字：我是徐梦宁，静静在洗澡。

丛静裹着浴巾，头发还在滴水，窗户开着透气，夜风凉，吹得她鸡皮疙瘩都起来了。

徐梦宁笑："不是挺有骨气晾着他的吗？怎么这么着急出来？"

"我怕了他了。"

"这人好有意思，顶着王子的头像，干着痴汉的事。我要是你，别说一年，一个月我就同意了。"

丛静拿起手机，问他：干吗？

看这语气，游子遇就知道是丛静。

游乐王子：你们去安岛湖水库吗？我们明天去，一起呗。

丛静真的不得不感叹，到底是什么孽缘。

她住的房子，房东是他小姨；她教的学生，是他弟弟；她出来旅游，接二连三地跟他撞行程。

CCCJ：不去。

游乐王子：真的？万一遇上了，你可别脸疼。

安岛湖水库虽不是全国扬名，也是 E 市大众点评上必去的景点，他用脚算，都知道他们会去。

CCCJ：我跟我同事，你凑什么热闹？

游乐王子：我们租了一个岛，你们跟我们一起，还能省点钱。

丛静心动了，去小群问了一下。

曲敏第一个响应：哇，土豪朋友。冇问题啊。

其他老师也纷纷附和，能省下场子的钱，他们付食材费就行，再说，人多确实热闹，更好玩。

沈铭信始终没作声。

少数服从多数，丛静回游子遇：我同事说可以。

游乐王子：弃暗投明，方为智慧。

丛静送他一串省略号。

游乐王子：早点睡，明天早上我来酒店找你。

丛静放下手机，开始吹头发。徐梦宁在一旁说："你看吧，你拒绝不了他。我觉得你可以改个网名，叫'拒绝游子遇五百遍无果'。"

丛静嘴硬："谁能拒绝省钱？"

"那他怎么没用钱砸蒙你啊？"

丛静睨她："他不会背着我，偷偷买通你了吧？"

徐梦宁说："卖谁也不能卖闺蜜啊，不信你看我和他的微信。"

丛静知道，游子遇把她的室友加了个遍，倒不是打探消息，在他们关系最好的时候，是为了方便联系到她。

那时，他们以"朋友"相处，在徐梦宁等人眼里，是"友达以上，恋人未满"，只差她一句话。

丛静自己把游子遇的微信删了，但她没要求她们，而且他们有很多共同好友。

所以这两年，两人虽没联系，却也算不上消失。

那点碎片信息，像一把把小钩子，不经意地，就勾她一下，所以，她怎么也做不到，完全忘记他。

今天太累，丛静以为自己很快会睡着，结果等徐梦宁打起小呼噜，她还在翻来覆去。

她拿起床头柜的手机，原意是看时间，鬼使神差地打开游子遇的朋友圈。

结果不小心"拍了拍"他。

丛静手忙脚乱地要撤回，他已经有了动静：？

她干脆装死，就当出 bug 了吧。

游子遇又发了一条：这么晚了，怎么没睡？

他了解她，勤奋学习、工作，饮食、作息规律，偶尔运动锻炼身体，会存钱，从不盲目消费。他从来没见过她这样的人，起初，他就是被她身上这种，他所没接触过的特质所吸引。

CCCJ：你不也是？

游乐王子：他们还在我房里打牌。

CCCJ：你不打？

游乐王子：刚下场，输太多了，没意思。

丛静脸藏在被子里，无声笑起来，手机屏幕的光照着她。她回：你牌技不是挺好的吗？

游乐王子：今天不在状态。

游乐王子：细究起来，你是不是得赔我？

CCCJ：这还甩锅到我头上？

游乐王子：谁让你伤到我的心了，我现在气血不足，头昏脑涨，痛不欲生。

之前，在夜市，她把他的手扒开，自己走了，后面他追上她，一路无言，把她送到酒店楼下，才打车离开。

CCCJ：拿个创可贴给你补上，行了吧？

游乐王子：给你地址，来啊。

CCCJ：[转账：2.00 元]

CCCJ：自己去买吧。

游子遇不收：我要你亲自送。

CCCJ：那你就痛着吧。

游乐王子：你说几句好听的，比如夸我帅。

CCCJ：嗯嗯嗯，你帅，你最帅，你比青蛙王子的青蛙还帅。

两人莫名其妙就着这个话题聊了很久，徐梦宁翻了个身，丛静吓得往被里一躲，把光遮得严严实实。她自己也觉得好笑，二十多岁的人，搞得像背着家长早恋。

最后，丛静扛不住先睡了，早上醒来，手机还搁在枕边，电量条亮红。

徐梦宁神清气爽，看到丛静精神不振的样子，好奇："我记得你不认床啊，怎么没睡好？"

丛静莫名心虚："做噩梦了。"

沈铭信来敲门的时候，丛静还在化妆，徐梦宁应的门。

"酒店有餐厅，我们去吃早餐了。"沈铭信往里看了眼，"你们弄好就下来吧。"

"好的，沈老师。"

丛静最后抹了下口红，挎起包，对着落地镜照着。

徐梦宁拉她："好啦，很漂亮了，保准游子遇拜倒在你石榴裙下。走了，我饿死了。"

丛静嘟囔："跟他有什么关系。"

大堂。

丛静看到沙发上低头玩手机的身影。

徐梦宁说："我先去，你待会儿过来吧。"说完就溜了。

丛静穿的是平底鞋，走路没什么声，游子遇没察觉到她来了，直到她开口："你怎么来这么早？"

游子遇抬头，起身："想着你们女生梳洗化妆比较慢，就先过来等你们了。"

"你吃早餐了吗？"

"没。"

"一起吧。"

看到丛静身边的游子遇，曲敏笑着对他们招手："这边。"

他们分了两桌，曲敏和孙晓玲、徐梦宁一桌，她们已经点了很多，满满一桌子。

曲敏招呼游子遇："赵光韬哥哥，别客气，想吃什么尽管拿。"

"我叫游子遇，你们叫我游子就好。"

丛静坐在他对面，拆了副新碗筷。游子遇说着话，自然而然地往她碗里夹了个灌汤包、烧卖，然后给自己夹了个虾饺。

三人齐齐看向丛静，目光带着探究。

丛静埋着头吃，桌下，踢了他一脚。

游子遇笑吟吟的，死皮赖脸，又倒了杯茶水给她："慢点吃。"

徐梦宁不看了。

曲敏和孙晓玲似乎懂了，同时不由自主地看后面那桌的沈铭信，心里想的都是，难怪拒绝沈老师啊，珠玉在前嘛。

吃完饭，他们聚在酒店门口。

曲敏提议："我们先去超市买点食材吧。"

沈铭信搜了下地图："距离这里一公里，就有家大型超市。"

游子遇跟他们一起去。

他们人多，便推了两辆购物车。

他们有商有量的，秉着一切从实际出发的原则。

丛静落在后面，游子遇黏着她，丛静问他："你不用买什么东西吗？"

"昨天下午买了零食，放在车里，生食归他们今早去买。"

"噢。"

"待会儿你坐我车吧，补下觉，你们人多，估计吵。"

丛静瞟瞟他，只说："你还挺贴心。"

"怎么样？感动到了吗？"游子遇开始蹬鼻子上脸，"是不是觉得我不失为一个良人？"

"……"

不过最后，丛静还是坐了游子遇的车。

去安岛湖水库要将近一个小时，太晚睡了，她确实想补觉。

他开的是路虎揽胜，如他所说，后备厢堆了几大袋零食、酒水饮料。

游子遇帮她把座椅放平："睡吧。"

合眼前，丛静看到他戴上蓝牙耳机，打开导航。

沈铭信的车上，曲敏问起徐梦宁："小丛和他啥关系啊？"

孙晓玲说："那暧昧的粉红泡泡哟。"

徐梦宁打马虎眼："这我不好说，得问她自己。"

曲敏看向不远处的黑色越野车，窗户贴着防窥膜，看不到里面的人的情况，说："年轻帅气，还有钱，啧啧。"

徐梦宁说："他人品也挺好的。"

曲敏："看来认识蛮久了？"

"有几年了。"

路虎驶向前方，沈铭信默不作声地也启动车，跟在它后头，另一辆车就跟着他。

游子遇虽然十八岁才拿驾照，但很早就跟那群狐朋狗友学会了，驾龄长，加上车子性能好，开得十分稳当。

丛静踏踏实实睡了半个多小时，其间没半点动静，身也没翻过。

她睁开眼时，天色亮了许多，出太阳了，游子遇戴着一副墨镜，半张脸被遮去。

丛静就那么躺着，目光像支画笔，从额头，细细勾勒到下巴、脖颈，在衣领处停滞不前。

在游子遇转过视线前，她坐直身，拉起椅背，欲盖弥彰地看向窗外："快到了？"

已经能够看到宽阔的水面和零星散布的岛屿，天空一碧如洗，天气好极了。

十分钟后，三辆车抵达安岛湖景区。

五一假期果然处处是人，停车场停满了车，他们兜了几圈，才找到停车位。

游子遇找到工作人员，与之沟通。随即，工作人员安排一艘船，送他们和物资上岛。

湖面上，还有几艘像他们这样的船。

游子遇的手搭在丛静的身后，风将她披散的长发吹得乱飞，她捋也捋不过来，干脆放弃了。

他伸手勾起一缕，在指间缠绕着，她发质偏硬，他却觉得手感还不错。

丛静瞪他："乱玩什么呢？"

"自己带的洗发水？"

丛静不答反说："松开，别给我扯掉了。"

工作以后，她头发掉得多，每一根都宝贵得很。

游子遇依言松了，又凑近，在她耳边，吹气似的，低声说：

"哎，那个沈老师刚刚在看我们。"

丛静望过去，人家正好端端地看风景呢。

很明显，游子遇看出了沈铭信对她的心思。他离她这么近，估计也是故意给沈铭信看的。

她说："幼稚。"

游子遇保持着那个姿势，说："我知道你不喜欢他。"

"你凭什么知道？"

"因为你喜欢我啊。"

丛静哽了一下，骂道："不要脸。"

游子遇话日常地说："你知道吗？对一个人心动的表现就是，不反感他的接触。昨天晚上，你夹在中间，都是往我这儿靠的，还不能说明问题吗？"

丛静自己完全没意识到，她不禁回忆，有吗？

"我说了，你肯定会输的。"

"你走着瞧呗。"丛静把脸撇到一边，声音传来时，弱了两分，也少了几分威慑力。

"丛老师。"游子遇叫她，"你这样上课，管不住学生啊。"

丛静不搭理她了。

船很快抵达在一座小岛旁边，岛挺大的，上面种着茂密的树林，另一侧是岩石。

游子遇坐在船头，他第一个上岸，又是背又是拎的，把东西带下来，接着，他长腿一迈，伸长手拉丛静。

曲敏看到，刚在心里夸他绅士，他已经扭头走了，浑然不管后面的女士。曲敏："？"

这么"双标"的?

游子遇的朋友早就上岛了,人数比丛静一行多点,其中有几个丛静昨晚见过,或者说,再久远一点,她还和他们一起在酒吧喝过酒。

他们只知道游子遇要带人来,没想到是丛静,昨晚也没看清她,这会儿,一个个都搞不清状况,不知这招呼,是打还是不打。

还是丛静先说:"Hello!"

"好久不见。"

灶和烧烤架都搭好了。

岛上有一个小房子,有桌椅、洗水池、厕所等等,能满足基本的需求。

游子遇说:"要不是现在蚊虫多了起来,还可以留在岛上露营。"

他们带了很多东西,除了必备的食材、碗筷、刀具之外,还带了尤克里里、渔具。

十几个人分成三拨:处理食材,负责做饭,钓鱼或者闲逛。

丛静厨艺不佳,选择第一种。游子遇被他朋友叫去钓鱼。

一个多小时后,食材该洗的洗好了,该切的也切完了,丛静端去给他们。

曲敏在灶上煮了一锅汤,咕噜噜地冒着热气,烧烤架那边,堆得满满的肉类烤得刺啦作响,调料一撒,翻个面,喷香。

人多确实热闹,什么都有的聊,还有人边弹边唱。

丛静坐在一旁听了下,是《天外来物》。

一个男生递给丛静一串烤好的翅中,丛静接过,微笑说:

"谢谢。"

丛静这样的女生，眼睛大，笑起来时，眼弯弯的，唇边有两个小小的梨涡，大概不会有异性抵抗得住。那是一种由内而外的温柔，不浓不淡，刚刚好。

他忍不住说："能不能冒昧问一句，你跟游子，现在什么情况啊？你们俩不都断了吗？"

"因为巧合，又碰上了。"丛静停了停，又说，"我也有句话想问你。"

"关于游子？"

"你们认识时间比我跟他长，肯定比我了解他，从他大四到现在，他……"

男生笑了："跟遇见你之前没什么差别，但这是我们外人看到的。他心里一直很空，他活着就是活着，在他眼里，没什么意义。我们都觉得，这世上没什么事抓得住他，除了你。但其实，这不是好事。"

丛静懂这番话的意思，只有她抓得住他，也就意味着，一旦她甩开他，他就会跌入万丈深渊。

换个词说，就是软肋。

越是强大的人，越不会有，或者暴露他的软肋。

她从未想过，也难以相信，她于游子遇而言，是这样的存在。

丛静沉默着，不远处的徐梦宁喊她："静静，我们去转转吧，就当消消食。"

男生最后说了句："你对他的了解，不比我们少，不是吗？反正，他对你从来是认真的，你自己决定吧。"

岛上没什么东西，都是草木。

但是沿着岸边，欣赏远处的风景，也很能放松心情。

湖宽得一眼望不到头，类似的岛起码还有几十座，有的很小，像个土包似的冒出来。

徐梦宁哼着"宝物该有人捧着，你是不是我的"，所以，丛静看到游子遇的那一刻，脑中自动接了下一句：

"你像，天外来物一样，求之不得。"

游子遇睡得晚，起得早，又开车又坐船，此时百无聊赖地看着湖面，难免犯困。

小马扎稳当地支在一块大岩石上，鱼竿架着，到现在为止，还没钓上来一条。他也不在意，两腿岔开，手撑着脑袋，眼皮半合不合。

"游子哥！老彭！"

一个女生手里拿着一堆食物，从徐梦宁、丛静身边走过去。

女生蹲下身，先将食物给游子遇挑，被叫作老彭的人不满道："你是不是我亲妹妹啊？好的都给游子。"

游子遇接过一罐啤酒，单手拉开环，动作干净利落，另一只手拿烤串。约莫是思维变迟钝了，他这才注意到丛静、徐梦宁二人。

"丛老师。"他懒洋洋地叫她，尾音带着弯儿。

女生也朝她们看去。她看样子才十八九岁，超不过二十，穿着不过膝的短裙，头发高高地扎在脑后，年轻又漂亮。

徐梦宁悄声说："游子遇身边好多这种小姑娘，静静，你可得有危机意识。"

丛静面色平静地绕过岩石堆，走到林子里去，听到游子遇在背后说："这鱼竿，你帮我看着点。"

然后是女生不情不愿的一声"哦"。

游子遇腿长，两步并作一步，丛静走得慢，像是刻意让他追上来似的。

"去哪儿？"

"随便逛逛。"丛静手插在兜里，闲庭信步的，"怎么不钓了？"

"鱼钓不上来，钓你不是更有意思？"游子遇吊儿郎当的。

可丛静不会上他的钩："烧烤是不是太油了？"

"没啊，还好。"他莫名其妙。

丛静说："那你怎么这么油嘴滑舌？"

游子遇嘴里嚼着肉，笑了："你还会讲冷笑话啊。"

徐梦宁不知哪儿去了，丛静回头不见她人，但也不打算折返去找，反正岛就这么大，又没外人。

游子遇一口肉，一口酒，不紧不慢地跟着丛静。

景区管理得很好，岛上没有垃圾，地上堆满枯枝落叶，环境原生态，丛静突然想到什么，问："这里不会有蛇吧？"

游子遇故意吓她："说不定哦。"

心理作用作祟，丛静感觉听到了草丛里异样的声响，只想赶紧逃离这片地方。

他挥着竹签，安慰她："我有武器，我保护你。"

丛静的恐惧一下散了一半："你怎么不说你会魔法呢？"

"巴啦啦能量？"

"游乐王子的咒语是'古他娜'好吧。"

丛静居然一板一眼地跟他讨论起这个，有够傻的。但游子遇和徐梦宁，是她"唯二"说话不用多想的对象，她知道，他对她终究是一个特殊的人，她也动摇过，有次差点答应他的追求。

那次，游子遇邀请她一起参加他朋友的生日宴，举办地在一栋别墅里，他送了对方一台航拍无人机，据说三万多。

对于普通工薪家庭的丛静来说，那是她母亲几个月的收入。

他们之间，横亘着一条鸿沟，这是阶级带来的。

丛静没做过贫女与王子修成正果的梦，她不想伤害自己，也不想伤害他。

她是个很较真很重感情的人，既然如此，倒不如一早就不要开始。

但现在，兜兜转转，又回到了原点。

看到游子遇回来，有人问："你怎么一个人？鱼呢？彭轲和彭毓呢？"

游子遇："还在那儿钓呢，他钓着几条大的，待会儿烤了吃。"

游子遇找了个空座，让丛静去坐，自己又开了一瓶白葡萄酒，她说："你不是要开车吗？"

他搬来一张折叠矮凳，在她旁边坐下，理所当然地说："你开呗。"

"那你也别喝醉了。"

"喝不醉。"他举着杯子，"尝点？"

丛静是乖乖女类型的，从小到大，也就喝过RIO、菠萝啤那种。

她凑过去，他手托着，微微倾斜杯身，让她浅抿了一小口，立马就拿走了："味道怎么样？"

丛静细细咂了下："果香味挺浓的，不涩。"

"下次再给你喝。"

游子遇就着她嘴唇碰过的地方，喝了一口，她只当没看见。

双方买的食材够他们吃一整个下午了，丛静断断续续地吃，也饱了。

钓鱼的两个人很晚才回来。

彭轲提着一个篓子，看起来挺沉的。他冲游子遇抱怨："你怎么中途就溜了。"

"没意思。"

"你说什么有意思？"彭轲看向丛静，意味深长地说，"哦，人有意思。"

有人问："钓上来几条啊？"

"你还说呢，彭毓都钓了两条，游子也忒没用了。"

游子遇不以为耻反以为荣："中老年男人的活动，不适合我这种风华正茂的年轻人。"

彭轲把游子遇挤开："我饿死了，让我先吃点。"

而彭毓蹭到游子遇身边："游子哥，你吃鱼不？我给你烤。"

游子遇睨她，语气怀疑："你会杀鱼刮鳞片剖鱼？"

"啊？不是整条直接烤吗？"

彭轲听笑了："哎哟，我的亲妹妹哎，你别瞎折腾了，搁那儿吧，等我吃完我自个去。"

丛静正好没事，拍了拍手："我去吧。"

游子遇跟丛静到桌案那边。

彭毓问她哥："这女的谁啊？"

"别'这女的''这女的'地叫，小心游子不爽。"

"她……"彭毓恍然明白过来，"她就是游子哥念念不忘的女生啊？原来真有这么一号人啊？"

"早跟你说了，叫你别喜欢游子。"

彭毓撇撇嘴："他们又没在一起。"

"你看他俩那样子，是你插得进去的吗？"

丛静帮徐梦宁杀过鱼，轮到她自己上场，虽然操作得十分手忙脚乱，好歹是把鱼处理好了。

游子遇看得心惊胆战，生怕她把手切了，说他来，她不让。

她的理由是："不好同类相残吧？"

"……"

将鱼里外涂抹上调料，用锡纸包裹好，放到炭火里，偶尔翻一下面，没多会儿就好了。

游子遇把第一条让给丛静，湖里的鱼没腥味，水质好，鱼肉嫩，就是刺多。

僧多粥少，游子遇自己没吃，自斟自饮，把那瓶酒喝完了。

醉是不会醉，有的人喝酒亢奋，有的人喝酒更困，后者比如游子遇。不知不觉，他脑袋一歪，靠在丛静的肩上。

他抱着双臂，呼吸变得均匀，是真的睡着了。

丛静低头打量他的脸。一个男生，皮肤却很细腻光滑，鼻翼右侧有颗很淡的棕色小痣，睫毛翘而长，眉毛有些杂乱，看起来没修过。

他脑袋很重，呼吸之间，还带着一点酒气。

她最终没忍心弄醒他，就那么僵直着腰背，看着前方发呆。

两人静静地待在那个角落，没人上前打扰他们。

彭毓服气地说："我认输。"

彭轲毫不客气地嘲讽她："你一个未成年，比赛资格都没有，你认哪门子的输。"

"就差半个月了好吗？"

"你早投胎两年可能还有点胜算，现在，没可能。"

徐梦宁听到他们兄妹俩吵吵闹闹，也看向丛静，心里叹了口气。

待到下午五点多，他们把垃圾装到大塑料袋里，一块带走。

游子遇睡了一觉，神清气爽不少，丛静的肩膀却被他压得酸痛不已。他说："我帮你按按。"

他才按了一下，她"嗷"地叫了一声："你劲能不能小点？"

"你骨架子这么小，我都怕把你给捏碎了，我已经很小力了。"

游子遇轻轻地给丛静揉着肩膀，还问她好不好。

类似的情形，早在他大三那年，他的朋友和徐梦宁就看惯了，丛静的同事倒没想到，他俩关系如此之好。

游子遇喝了酒，丛静开车，她先送到他住的地方，再自己打车回酒店。

她临走时，他打开后备厢，拿了一个袋子出来："拿着。"

"干吗？无功不受禄。"

"买多的。"游子遇的手臂还伸着，眼睛清亮，不像喝过酒的迷蒙，"你之前请我吃饭，给你袋零食怎么了？"

"谢谢。"丛静只好接下，"走了。"

游子遇看到她头也不回，嘀咕说："狠心的女人。"

丛静跟司机报了地址，低头看袋子里的零食。

买多了？骗鬼呢。都是她爱吃的，还专门用个袋子装起来。

看到里面有个小盒子，她心头猛地一跳，打开一看——不是她想象中的戒指、项链，是个不值钱的玩意儿。

滴胶做的 Q 版鱼形钥匙扣。

丛静拆了包肉脯，慢慢地吃起来。

她跟自己说：不行，你要守住，不能这么轻易被他攻克了，你也没那么喜欢他。

第三天，丛静他们吃过午饭，启程回 C 市了，游子遇还要再待一天。

到家收拾好行李，徐梦宁面对落下的网课和资料，开始哀号："还没玩够呢，又得继续学习了。"

丛静说："还有半年呢，着什么急。"

徐梦宁正色："静静，我有事跟你说。"

"你说。"

徐梦宁说："我这两天想了想，我还是得找个工作，闲一点，离这里近一点的，工资少也没关系，边上班边考。"

"怎么？"

"我就那么点积蓄，我也不想一直向家里要钱，还是自己赚的用起来更踏实。"

丛静说："也好，需要我帮你在网上找找吗？"

"没事，你上班也挺忙的，我自己来吧。"

游子遇发消息过来：到家了吗？

CCCJ：刚到一会儿。

游乐王子：我送你的钥匙扣看到了吗？

CCCJ：看到了，夜市买的？

丛静记得，她在 E 市的夜市看到过类似的手工制品。

游乐王子：对，记得挂上。

丛静想了想，还是问出了口：是不是还有另外一只？

游乐王子：聪明，我那只是蓝色的，自古红蓝出 CP 嘛。

她无语地扯了扯唇，就知道这样。

CCCJ：······你信不信我现在就扔了。

游乐王子：信信信，别扔。

丛静拨了拨钥匙上的那尾鱼，鱼身里是一缕缕的红色色素，鱼眼部分涂黑了，一点都不精致，但她还是在昨天就挂上了。

游鱼，游子遇。

反正，他就是想方设法，让她随时都能想起他。

第四章

你输了

QUTING
SHANHUHAIXIAODESINIAN

　　丛静和徐梦宁交了五月份的房租，看了眼余额，齐齐叹了口气。

　　何卉凤是个很好的房东，她不缺钱，知道租客是两个刚毕业的小姑娘，阔气地包了她们的水电和燃气费。

　　但对她们来说，房租仍是一笔不算小的开支。

　　游子遇刚开始追丛静的时候，她室友还开玩笑说，跟了他，她能少奋斗三十年。她明确地说，她不喜欢这种论调，她们便再也没提过。

　　丛静大一就开始通过兼职、勤工俭学赚钱，大二起，没再找家里要过生活费。毕业后，除去所有开销，薪水剩不了多少，丛静盘算着，这个月买台代步车，下个月可以往家里打钱了。

　　五天假后，周末要调休，相当于要连续上十几天班，加上学校组织月考，丛静这段时间累得够呛。

　　徐梦宁在网上投简历，收到一家小公司的面试通知，她晚上试了几套衣服都不满意，来找丛静借。

丛静在用电脑阅卷，让徐梦宁自己挑。

每个老师分一部分题，她白天上课、写题、开会、听公开课，为了赶进度，就带回家来看。

"哎？静静，你这条裙子什么时候买的，怎么没见你穿过？"

丛静回过头，看清徐梦宁手里拿的是条白色一字肩的连衣裙，她立马抢回来："这条不行！"

徐梦宁吓了一跳："我，我不拿，就是问一句。"

丛静后悔，自己反应这么大干什么，缓了缓，说："你挑其他的吧。"

但丛静的衣服也不多，徐梦宁放弃了，说明天早上去商场买一套。

门关上，丛静捋平裙子上的褶皱，重新挂到衣柜的角落。

这条裙子，加上一双高跟鞋，大概是她收到过的最昂贵的礼物，她只穿过一次，然后就束之高阁了。

与游子遇决裂前，他陪她过了二十岁生日。他请了一个摄影师，帮她拍写真。

丛静生在春夏之交，不冷不热的五月。

那天是周末，天气很好，阳光不热，丛静一大早被游子遇喊到楼下，然后，被揪着化妆、弄头发，直到一整天拍完，她人都是蒙的。

丛静听到游子遇接了几个电话，似乎是叫他出去玩的，可他一直陪着她。

摄影师给她一个复古相机当道具，她调整角度，镜头对准不远处低头玩手机的游子遇。

好似诗里写的，你站在桥上看风景，看风景的人在楼上看你。

但她没有按下快门。

丛静以为，这组照片就是她的生日礼物了，换下衣服还给他，他说吊牌都剪了，他又穿不了。

后来，她查到它们的价格，可他们也没了来往。如果它们的归宿是垃圾桶，还不如留下来。

其实是私心里，想留作纪念。

写真馆给丛静发了文件和实体图集，她从来没给人看过，所以，连徐梦宁也不知道这回事。

丛静把椅子拖过来，在衣柜上面抽出一个盒子。

最外面是快递的纸盒，然后是泡沫纸，再是精致的包装盒，层层包裹下，里面是那本写真集。

三年前的她，化了妆的缘故，显得成熟了些，倒跟现在差别不大。

自 E 市回来的这些天，游子遇的消息从未缺席，但他也没再出现在她面前。

丛静觉得，他这人就是她心口长的瘤，大动干戈地割掉，还有复发的风险，时不时地让她痛一下。

她一页页翻完，收了回去。她闷闷地吐了口气，重新敛聚心神，继续阅卷。

徐梦宁被录用了，薪资确实低，但好处是离家近。她买了一堆食材，说在家里煮火锅庆祝一下。

火锅刚摆上桌，来了个不速之客。

门外的女人朝丛静微笑："Hello，我是何卉凤。"

何卉凤穿得时髦，显得气场强，身材、皮肤保养得很好，笑起来，眼部细纹几不可见，不像三十多岁。

单看年纪，要说她是游子遇的小姨，丛静真不信，但眉眼之间，他们又有些许相似。

"啊，房东太太。"丛静把她迎进来，"我是丛静。"

"噢，丛老师，我前段时间听子遇说，我才知道你是韬韬的语文老师，好巧啊。一直忙，你们搬来这么久，我都没过来看过，住得还习惯吗？"

"挺好的。"

何卉凤抱着一捧花，还有一箱车厘子："这是鲜切花，有花瓶吗？插上吧。"

徐梦宁手忙脚乱地找出一个玻璃瓶，倒点水进去，就当是花瓶了。

"哟，你们正打算煮火锅呢？"

丛静说："食材准备得多，房东太太你没事的话，跟我们一起吃吧。"

"不了，我的司机还在楼下等。"

徐梦宁贯彻中国人的传统美德，盛情邀请："叫来一起嘛。"

"那我打电话问问他。"

何卉凤走到一旁，说了几句，挂断电话，对她们说："那麻烦你们了。"

因为多两个人，丛静又拆了一盒肥牛卷、丸子，加了点菜。还好有宽粉和泡面，弥补主食的缺少。

火锅烧开了，人也上来了。

何卉凤虚挽着男人，给她们介绍道："这是我外甥，游子遇，今天临时充当我司机。你们应该都见过。"

徐梦宁和丛静对视一眼。

游子遇笑笑，目光浅浅落在丛静身上："好久不见。"

丛静拉开凳子："两位坐吧，别客气。"

四人两两而对，徐梦宁故意把游子遇对面的位置让出来。

何卉凤是个很好相处的人，虽是彼此第一次见面，也不会冷场。

得知这是庆祝徐梦宁找到工作，她笑说："那我这束花真是买得恰到好处。"

火锅热气腾腾的，雾气晕散，徐梦宁还炒了两个小菜，何卉凤直夸她们手艺好。

游子遇反倒不太说话，手肘压在桌面上，只是看着她们聊天。他那双眸子静静的，看不出情绪，但丛静直觉，他心情不好。

丛静用一双长筷子烫着肥牛卷和响铃卷，给他们分别夹了一块。

"谢谢。"何卉凤问她，"丛老师，我记得，你们也是 C 大毕业的吧？"

"对，我们俩学中文的。"

"子遇也是 C 大的，他是在商学院学国际经济与贸易。"何卉凤还向他求证，"对吧？"

游子遇懒懒地"嗯"了声，说："看来我学得够失败的，你居然不确定。"

何卉凤："那你们认识他吗？听说他在学校还挺有名的。"

徐梦宁不答，丛静说："好像……有点印象。"

何卉凤取笑他："你是够失败的，大学四年，没一样拿得出手的。"

游子遇看着丛静，眸色似乎更沉了，没说话。

追她一年，结果落到她口里，就变成"有点印象"。还好像。

啧。

一桌子菜吃得差不多了。

徐梦宁收拾，丛静洗了点水果招待他们。

何卉凤碰了碰游子遇的胳膊，低声问："你今晚怎么了？"

"没什么。"

他不愿意说，她也不再问。他就这性子，不想说的，怎么撬他的嘴也撬不开，死犟，像他妈妈，也像何承远。

游子遇确实心情不好，但没必要跟何卉凤说。

何卉凤除了留学那几年没在国内，算是看着他长大的，但很多事，她一个局外人，也不太了解。

是他父亲那边的事，说了，反倒徒添烦恼。

所以，知道她来看丛静她们，他也没打算上来，坏情绪像只蛊虫，啃噬着他的理智，得以壮大，他怕控制不住，会伤到丛静。

但这顿饭，他还是没办法强颜欢笑，尤其是丛静说了那句话后。

游子遇还是坐不住了，起身说："我们走吧。"

丛静拎起厨房的垃圾袋，说："我送你们下去吧。"

气温慢慢升上来了，即便是晚上，丛静也只穿着一件单薄的长袖套头衫。

游子遇更干脆，黑色 T 恤，黑色阔腿裤，在昏昧的灯光下，似道浓重的暗影。

楼下就有垃圾桶，丛静手臂一抬，垃圾袋落桶，一声闷响。

何卉凤说："丛老师，我们先走了，如果有什么事，微信联系我。"

丛静看游子遇一眼，应了声"好"。

游子遇知道她有话想说，但他还是跟何卉凤走了。

这样的游子遇，让她想起两年多前，他们最后见面，他就是冷淡地、漠视地，转身离开。

丛静莫名有一种，他这次走，不会再回来的感觉，她小跑了几步，在他们上车前追上，对游子遇说："那个，我有话想跟你说。"

何卉凤抽走他手里的车钥匙："我去车上等你。"

何卉凤走后，丛静问道："你怎么了？昨天还好好的。"

游子遇抹了把脸，声音低低的："不好意思，我今天心情很差，我不想用这样的情绪对你。"

停车坪光线更暗，丛静看不清他的脸。

但他这么说，她反而松了口气，她也顾不上这种担心是源于何，说："你有不开心的，可以跟我说，就像以前我跟你倾诉一样。"

游子遇抬手，碰了碰她的脸颊，温温软软的，她的语气也是。

她没躲。

他蜻蜓点水地碰过，仿佛是确认她的存在。他收回手，指腹停留着一点感觉："以后有机会再跟你说，回去吧。"

差一点，只差一点，他就说了。

但他暂时不愿意把他家庭背后的龃龉，搬到明面上来。他自己都不想面对。

丛静的反应，在情理之中，他的意料之外。

她说："你开车小心。"

多稀罕啊，丛静会关心他了。

游子遇嘴角上扬，尽管幅度很小："好。"

车前开着远光灯，树、楼栋的影子，在窗外幻化成模糊一整团，影影绰绰的。

何卉凤看了眼后视镜，那个女孩立在原地看了他们一会儿，说："你们之前认识？"

游子遇打着方向盘，转弯，含混不清地应："算是吧。"

"原来，你喜欢这样的。"

这是肯定句。

"你怎么……"

"刚刚吃饭你一直盯着她看，我又不瞎。"何卉凤放松地靠着椅背，"你们俩，确实挺不一样的。"

几乎所有人都这么说，连何卉凤也是。

游子遇不置可否："太相似的人，怎么产生火花？"

何卉凤不知想到什么，深以为然："也是。真心喜欢的话，就好好对人家。"

"知道。"

游子遇把何卉凤送到家。

她平时不回老宅，住在一个高档小区里，赵光韬住校，偶尔放假才回来。

何卉凤对他挥了挥手："路上注意安全。"

游子遇却不想回家，自己随便寻了个酒吧喝酒。

酒吧环境很乱，灯红酒绿，烟雾缭绕，勾得他自己手也痒。想到丛静，他最后握着一瓶酒，走了出去。

此时，他已经喝掉了一瓶，步子尚且稳当，目光却有些失焦。他不想回的家，是他从小到大待的地方，只是母亲去世后，他再没体会到亲情的温度。

游家的产业是从游子遇的爷爷那辈打下的，游立林的兄弟姐妹很多，同父异母的，同父同母的，再往下，子女就更多了。他们都在争。

兄弟阋于墙，外御其侮，说的就是他们。内部争得再头破血流，外人也攻不破。

游立林手腕狠，游家由他掌权，所以，他唯一的儿子，游子遇成了众矢之的。游子遇的大学学姐，也借着他，爬上了游立林的床。游子遇刚进大学时，学姐便待他极好，后来，他才知道，她图的是钱，是势。

每个月，一大家子人总要聚在一起吃饭，维持表面的和谐。

今天中午，游子遇本不想去的，游立林勒令他必须到场。他已经几次没去了。

哪怕他表现得废柴，再不醉心于此，他们也要担心，他是否会隐藏实力，只伺机以待，将他们杀个措手不及。

游子遇心中好笑，什么年代了，搞这一套权谋诡计。

游立林没有把那人带来，他养她在家，却没给她一个明面的身份，除了她，他还有其他女人。

这个家多是冷心冷肺的人，游子遇习惯了，可今天，他们提到了他的母亲。

阴阳怪气，夹枪带棒。

他的母亲，何卉媛，是他的外公何承远用了不入流的手段，硬塞到游家的。她嫁给游立林，没得到半点宠爱，游子遇的出生，是她强求的。

所有人都知道。

游子遇有母亲的庇护，尚且不可怜，然而在她自杀后，他在游家彻底成了一个人。

他恨游立林，也恨何承远。

没有当场掀桌就走，游子遇已经用了最大的忍耐。

他不想与他们虚与委蛇下去，午饭结束，就自行驾车离开，然后，接到何卉凤的电话，让他去接她。

然后，他见到了丛静。

丛静就像块能源石，他可以从她身上，源源不断地汲取能量。

一开始，他追她的动机的确不纯粹。

他们是同一个部门的，他是挂着名混学分，她是实打实地干事。大一招新，他就见到她了。她很有活力，派给她做什么事，她都可以完成得很好。到她大二，理所当然地，让她当选副部长。他则是大三元老。

这年，他开始追她。

他觉得，她这样的女孩子，相处起来，应该会很让人舒服。

丛静当然也认识他，商学院出了名的人物，长得帅，有钱，绩点一塌糊涂，只能勉强混个毕业的程度。

他追她的动静闹得大，她让他不要耍她了。

大家都说，少爷一时兴起，玩玩而已，连丛静自己也这么觉得。

游子遇享受追她的过程，看她无可奈何的样子，挺有趣，生活里就有点奔头。渐渐地，他真的喜欢上了她。

这么追到她大三，他大四。

丛静对他说："我跟你说过很多遍了，我不喜欢你。你马上毕业了，我们从此就要分道扬镳了，你知道吗？我们永远都不可能是一路人。"

游子遇混了张实习证明，完成答辩，拿了毕业证，再没找过她。

他想，日子反正都这么过下去，有她没她，都一样。

可那天见到她，他发现，他还是喜欢她，想逗她追她。

游子遇靠着车头，酒一口接一口地下肚。

酒吧外面的街道，来往的男男女女，形形色色。女人穿着暴露，长腿、肚皮，白晃晃的。

他抬起头，女人的唇抹得艳红："小哥哥，你怎么一个人坐在这里喝酒？进去玩呀。"

她甚至想来扶他。

"滚。"他皱眉，眼中锋芒毕露，"离我远点。"

"喊。"女人踩着细高跟走了。

游子遇平时是不容易醉，如果想醉，意识很快就迷糊了。

也不知道他怎么给她打了电话，告诉她地址。

没等她应，他就挂了。

就当开盲盒吧，来，或者不来。

丛静看了眼外面的天色，这么晚了，她知道独自出去很不安全，但终究放心不下。

她对徐梦宁说："我出去一趟，有事打给你，没事跟你报平安。"

徐梦宁有点被吓到："你去哪儿啊？"

"游子遇喝醉了。"

丛静带上手机，想了想，又带了个包。

"你路上注意安全。"

"好，我先走了。"

丛静在网上叫了辆车。晚上人少，很快有附近的司机接单。她不敢坐副驾，坐到驾驶座后面。

她对于晚上孤身出门有心理阴影了，很是提心吊胆，紧紧地攥着手机。

还好司机把她顺利送到了地方。

她一眼就看到坐在马路牙子上的游子遇，他脑袋垂着，两手捂着额头，脚边一瓶翻倒的喝空的酒瓶。

丛静摇了摇他，没用什么力，怕把他摇得倒下去："游子遇，还好吗？"

游子遇闷闷地"嗯"了声，又说："心里难受。"

看来还没醉到神志不清。

丛静拉他一条胳膊："起来，我送你回家。"

游子遇一大男人，死沉死沉的，他自己撑地，借了下力，她才把他搀起来，扶上车。

丛静开得慢极，一是不熟悉路不熟悉车，二是怕把他的车剐了蹭了。游子遇把车窗降下来，头靠过去，吹着风。

她看到吓死了，停下车，拽他："你别把头伸出去了。"

游子遇忽然坐直，说："我不回家，我不想看到他们。"

"行，带你去酒店，你别折腾了。"丛静无奈。

"好，我听你的，那你别走。"

丛静想着先哄好他，就答应下来。

她找了家不错的酒店，用自己身份证开了间大床房，把房卡塞到他手里："你上去吧。"

游子遇仰头，眼睛半睁半闭的："你要走啊？"

"我要回去了。"

他拧起眉头，语气不满："你刚刚还说不走的。"

"我都送你到这儿了，还要我陪？"

他捂着头："我头疼。"

丛静觉得他此时就像个闹脾气的小孩子："行行行，我送你到门口。"

游子遇靠丛静搀着勉强能走稳，丛静刷开门，扶他到床边，准备走。

他在她转身的那一瞬，攥住她的细腕："这么晚了，别走了。"

丛静居高临下地看他，不知是不是喝酒的原因，他手心滚烫，火炙烧过一般。半晌，她到底妥协了："我去给你倒水。"

她用水壶接水，先烧一点，倒掉，接着烧，她又沾湿一块毛巾，给他擦脸和手。

游子遇闭着眼睛躺在床上，鼻间呼出的气息也是热的。

他酒喝得急，酒精上头，头疼得很。但他知道自己做了什么，说了什么。他仗着自己醉了，对她使性子。但她这么照顾他，他又觉得值得，丢点脸算什么。

水烧好了，她倒了两杯，搁那儿放凉。忙活这么一通，她才跟徐梦宁报平安。

徐梦宁打电话过来，丛静看了眼游子遇，走到门外。

"静静，你什么时候回来啊？"

"再看吧。"

徐梦宁一下懂了："你记得保护好自己，别被那小子占便宜了。"

"胡说八道什么呢，不是你想的那样，他醉成一摊泥了，能干什么呀。"

"你指望他干什么呢？"

丛静脸红："不跟你说了，你快睡吧。"

她挂了电话，把徐梦宁的笑声彻底隔断。

游子遇以为她走了，但他没力气起身去挽留她，意识沉沉浮浮间，又听到关门声。

是她回来了。

丛静碰了碰杯壁，叫他："游子遇，起来喝点热水。"

他强打起精神，睁开眼，被灯光刺得用手臂挡了下。她扶他坐起来，喂他喝。

"烫。"

她吹了一会儿，让他把两杯水喝完，重新让他躺下，给他盖好被子。

出门前她就洗过澡，她关了灯，去沙发上睡。

丛静被手机铃声吵醒，她到处摸，没摸到，反而摸出自己在床上。

她猛地睁开眼。

找到了，手机在床头。

"喂？"她声音带着刚睡醒的哑。

对面的人顿了顿，然后说："我去！你这是'事后清晨'吗？"

"你说什么呢！"丛静差点被口水呛死，"没有的事儿。"

这一吼，把沙发上的游子遇吼醒了。

她赶紧说："我等下晚点回来。"

游子遇的头发睡成茅草窝，他抹了把脸："醒了？"声音也哑得厉害。

丛静问："你什么时候抱我到床上的？"

"不记得了。"

得多亏她那两杯水，他被尿憋醒，但又困又醉，凭着本能把她抱到床上，自己到沙发边，倒头就睡。

两个人收拾好，去前台退房。

丛静问他："你宿醉头疼吗？"

"还好。我们先去吃早餐吧。"

他们点了一份肠粉、两份粥、一屉虾饺、一笼烧卖。

游子遇付账时，顺便把房费转她，多补了点，凑了个整："昨晚麻烦你了。"

现在倒跟她客气了，不知道是谁一口一个不要走的。丛静腹诽，点了收款："没事。"

"我送你回去。"

丛静跟他上车。

一路沉默，到她家楼下，游子遇看着前方，半晌，才说："我不应该打电话给你的。"

丛静没作声。

"你不来倒好，我刚刚一直在后怕，你要是碰到之前那样的事，我怎么办？我都赶不过去救你。"

"毕竟是小概率事件，不是你的错。"

他看着她，伸手摸了摸她的脸，像她是什么易碎品："还好你没事。"

如果人生是开盲盒，她大概是限量款，属于他的独一无二。

不知道为什么，丛静突然觉得眼睛一酸，有点想哭。

那天发生的事，丛静这辈子也不会忘记。

丛静兼职到很晚，她是最后一批离开的。

和同事告别后，她一边往公交车站走，一边低头看手机。离末班车发车还有段时间，周末晚上宿舍也不用查寝，她不急着赶回去，故而走得慢。

那并不是条偏僻的路，来往车辆多，时有路人，所以，丛静没有刻意警惕身后的脚步声。

忽然，腰被人揽住，她下意识地回头，看到一张陌生的男人的脸，尖叫声冲出喉咙前，他粗蛮地捂住她的嘴。他手心粗糙，满是汗味。

男人力气很大，丛静没来得及挣扎，他就把她往路边的风景带里拖。

他一看就是惯犯，提前踩过点，路灯照不进风景带，一片漆黑，他把她的声音捂死，根本没人听得见、看得见。

丛静吓得心跳加速，一个劲地挣扎，但她的双手被他一手钳住，她根本挣不掉。

她心如死灰，几乎能预想到，接下来会发生什么。

流下的泪从他的指缝流进嘴里。

这时，她手机响了，她拼命去够，男人怎会让她如愿，把她控得更死。

她要喘不过气了。

突然一道更大的力气，把男人的手扯开。

丛静腿发软，一下子失去控制，跌倒在地，捂着脖子，咳得肺发疼。

那人挥着什么，把男人击倒在地。趁着男人被砸蒙，那人下了狠手，一拳拳砸下去。男人反应过来，开始还击。骨肉相接的声音响起，听得她惊心动魄。

"丛静，你先出去。"是游子遇。

丛静怕游子遇出事，想打电话报警，但手机不知道掉到哪儿了，太黑了，她越急越慌，差点哭出声来。

警笛声响起，两个警察把他们从地上带起来。

走到街上，丛静才看到游子遇的脸上、手上全是伤，一只鞋不见了，脚赤着，他身无旁物，脱鞋当了武器。

那一刻，王子化身成为骑士。

她憋的一股气全泄了，泪如雨下。

他们被带到附近的派出所做笔录，得知丛静和游子遇还是学生，警察把他们的辅导员叫来。

警是游子遇报的，他来咖啡馆接丛静，发现刚打烊，丛静已经离开。他一路寻去公交车站，便撞见那男人拖着一个女生。

他不确定女生是不是丛静，打电话试探。

结果，是丛静的手机响了。

他又打电话报警，跟警察三两句交代清楚情况和方位后，他直接跟进风景带。

警察教育游子遇："见义勇为是好事，但不能这么鲁莽，万一他身上带刀了，你赤手空拳的，打得过人家吗？"

游子遇立马认错："是是是。"

女警官低声安慰着受惊吓的丛静，问她有没有受伤。丛静摇摇头，对上游子遇的眼神，泪又流了下来。

看得他心揪死了，只恨没把那人打死。

最后那人被刑拘了。

丛静带回去进行心理辅导，她没把这件事告诉父母，怕他们担心。

游子遇也有很长一段时间没去上课，他要养伤。

学校把消息压下来，只隐晦地提醒学生，外出要注意个人安全。

从那以后，丛静就有PTSD，身上带着便携辣椒水，对任何陌生的，尤其是男性的触碰有下意识的抗拒。

所以，丛静懂，游子遇为什么那么说。

昨晚他想念的情绪作祟，没想到那么多，清醒之后，只有后悔和自责的情绪。

但丛静不会怪他，她调笑说："不安全的是你才对，酒吧门口不是经常能'捡尸'吗？你要是被变态捡走了怎么办？"

游子遇没说什么，拨了拨她额上的刘海，拍了拍她的脑袋："上去吧，到家跟我说一声。"

丛静解开安全带，下了车。

游子遇在收到她到家的消息后，犹豫再三，还是回了家。

他收拾好行李，拎着下楼。

赵心慧没有阻拦他，犹豫着开口："你要搬出去住吗？"

游子遇眼神冷淡地看向她，一个年轻姣好的女子，偏偏常居宅中，容颜依旧，金钱堆砌之下，气质越发高贵典雅。

或许，这就是她接近游立林，宁愿当笼中的金丝雀，也想要得到的。

他反问："我为什么要留在这里？"

"你爸……"

"我会跟他说的。这么大的房子，不是你梦寐以求的吗？让给你了。"

游子遇语气刺人，她倒不恼，问："你住到哪儿去？"

"这就不用你担心了。"

游子遇除了钱和车，没有其他资产，房、股票、期货，他不碰，他名下唯一的一套房子，是何卉媛留给他的。

舍弃游立林儿子的身份，脱离游家，也不是不可以。

虽然，这在外人看来，是蠢货行为。

但游子遇还是毅然决然走了，带走何卉媛的几件遗物，没有半点留恋。

游立林当天就知道了这件事，打电话对游子遇说："你住在外面也可以，每个月记得回来。"

游子遇说："回家可以，游宅我不会再去。"

游立林雷霆大怒："你姓游，你不回游家你回哪儿？去何家吗？"

"我哪儿也不去。"

他冷笑："你一个公子哥，养尊处优惯了，一个人在外面，怎么过？"

"正常人怎么过，我就怎么过。"

"行，我看你坚持得了几天。"游立林愤而把电话挂断。

游立林把游子遇的卡全停了，游子遇还有母亲留给他的积蓄，倒不用担心生活问题。

然后是工作的问题。

他想了想，给何卉凤拨了个电话。

徐梦宁正式入职了，她待的是个广告公司，人手很少，但也不忙。

丛静也领薪水了。她将薪水分成四份，给母亲一份，存一份，日常开销一份，还有一份拿去买电动车。

周末，徐梦宁在复习，丛静自己去品牌店买。

她预算不高，选了一款电动自行车，用来通勤是完全足够了。

牌照没下来，她上了张临时的，骑去菜场买菜。车子前面有个篮子，正好用来装菜。

没想到还碰到了沈铭信。他穿得很随性，是骑单车来的。看到她的车，他说："小丛，你买新车了？"

"对，不想挤公交车了。"

沈铭信的菜买完了，拎着几个袋子，丛静还在挑，他就陪着："我还以为你男朋友会接送你。"

"我没有男朋友。"

他有些惊讶："那个游子遇还不是吗？"

"还"，这个字，就用得很传神。

丛静抿抿唇，说："我们就是普通朋友。"

沈铭信不信，但他喜闻乐见，这证明他还有机会。

丛静正要扫码付款时，一个电话打进来，来电显示人是"妈"。

沈铭信说："我帮你付，你先接吧。"

"喂，妈。"

母亲说："静静，生日快乐哦。"

丛静一怔："您不说，我都忙忘了。"

长大后，她就不怎么庆祝生日了，顶多和室友一起吃顿饭。

"今天休息吧？在家吃顿好的。"

丛静说："嗯，好。"

母女俩又聊了几句就挂了，丛静想了想，转头对沈铭信说："今天我生日，我叫上曲老师、孙老师，你们一起来我家吃顿饭吧。"

他们将车停在车棚，锁上，丛静带沈铭信上楼。

前两天逛超市，她们买了几双拖鞋，丛静拿出一双新的男士拖鞋："沈老师，你穿这个。"

她感觉一道目光盯着自己，扭头看去，竟是游子遇。

丛静："你怎么来了？"

游子遇坐在沙发上，面前摆着一杯水和果盘，看来是徐梦宁给他端的。

游子遇说："给你发消息了，你没看。"

丛静掏出手机，是有好几条未读信息："刚刚在路上。"

他站起来，走到她面前，忽视她身后的沈铭信："左手。"

丛静茫茫然把手递过去。

游子遇在她腕上挂了根红绳，上面一个 3D 硬金的小牛挂饰——是她的生肖。他说："生日快乐。"

她低头拨了拨："谢谢。"

曲敏和孙晓玲后脚也到了，他们三个合资给丛静送了一支 Lamy 的钢笔。

徐梦宁掌勺，丛静想帮她打下手，曲敏挤过来："你今天是小寿星，就安心待着吧。"

孙晓玲眼观鼻鼻观心，也跟去厨房，剩丛静、游子遇、沈铭信三个在客厅。

丛静怎么都觉得，三个人的氛围很奇怪。她把电视打开，找了部印度喜剧片放，以缓解尴尬。

沈铭信恰好看过，和丛静聊了起来："你平时很喜欢看电影吗？"

丛静说："是，我乱七八糟的都看一点，用来打发时间。"

"我很喜欢看电影，基本上每年会看一两百部。如果你有什么感兴趣的，我可以给你推荐。"

"看不出来你一个理科男喜欢这个。"

沈铭信笑笑："刻板印象了不是？我也喜欢打球，话说，秋季运动会学校还会举办教师的乒乓球赛，有奖金的。"

丛静说："乒乓球我还是大学时学的，现在手都生了。"

"打着玩玩嘛，不一定要拿奖。"

游子遇坐在一边，听他们谈笑风生，心里酸得冒泡，电影是一点也看不进去。

厨房里，徐梦宁叫丛静，让她帮忙买点调料。

她走了，这下只余两个男人面面相觑。

沈铭信还是笑得温和："小丛说，你们是朋友？"

游子遇敷衍地应声"嗯"。

小丛，叫得真亲热。

印度电影最大的特色就是歌舞，电影里欢快的情景，和现实形成鲜明对比。

沈铭信说："她来恒英没多久，我们办公室的老师都觉得她性格好，很喜欢她。"

游子遇轻笑了声："那是你们不了解她。"他玩着手机，这个"玩"，是指他有一下没一下地转着手机，显得他的态度轻慢，"可能你们看她，就是温柔、文静、踏实、有礼貌的女孩子，其实，她有时候也很牙尖嘴利，气死人不偿命。"

沈铭信不以为意："人都有两面性，这很正常。"

"关键是，另一面对谁展示。"游子遇架着二郎腿，脸从头到尾对着电视，"哪怕相处再久，她也不一定愿意暴露真实的自我。"

这番话，是故意说给沈铭信听的，在提点他：对丛静来说，他游子遇才是她会另眼相待的那个特殊对象。

沈铭信很沉得住气，说："但先来后到，还是后来者居上，现在还乾坤未定呢。"

"看来你挺有自信。"

"毕竟我们朝夕相对，天天在同一个办公室。"

这对游子遇来说，是致命的弱点。

沈铭信乘胜追击："你们应该认识挺久的了，到现在没有结果，说明你们以后可能也不会有，只要她没有明确拒绝我，我就不会放弃。"

游子遇彻底被击中命门。

丛静回来时，他们两个男人，一个面沉如水，一个泰然自若，都不讲话。

她把东西交到厨房，又切了点水果，说："沈老师，吃点东西垫垫。"

电影漏了几十分钟没看，丛静半蒙地继续看下去。

放到片尾时，菜也做得差不多，依次端上桌了，香气飘去客厅。

游子遇对丛静说："我带了两瓶法国长相思干白，放冰箱里冰镇，应该可以拿出来了。"

丛静说："你没开车吗，还喝？"

"我不喝，特意给你带的。"游子遇微微歪头，冲她眨眼，"你上次不是说好喝吗？"

她看了他两秒："我去拿杯子。"

家里没有高脚杯，丛静拿了普通的玻璃杯，倒了五杯酒，游子遇那杯是矿泉水。

丛静先举杯："谢谢你们今天陪我过生日，我敬你们。"

他们都只喝了一口，她一杯饮尽，还学电视上的，倒扣杯子，一滴不剩。

徐梦宁说："静静，你没怎么喝过酒，悠着点，太猛了容易头晕。"

游子遇说："没事，我盯着她。"

曲敏手艺很好，大家吃吃喝喝的，一顿饭吃得还算愉快。

果酒甜，丛静喝得上瘾，伸手去拿酒，游子遇先一步拿开，哄她："你喝过两杯了，留着点。"

"噢。"

他们知道这酒是游子遇给丛静带的，也不去抢，另开了一瓶果汁。

游子遇给丛静倒了杯橙汁："来，喝这个。"

丛静有些失望，垂在身边的左手，被游子遇握住，他抠了抠她手心，安抚似的。

她动了动手指，他又抓住，他的手掌很大，足够包住她整只手。

"嗝!"她打了个酒嗝,在酒精和辣椒的双重作用下,小脸红扑扑的,梨涡若隐若现。

曲敏不禁感慨说:"小丛还跟个十八岁的小姑娘一样,看得真惹人喜欢。"

丛静冲曲敏笑一笑,梨涡更明显了,比沾了露珠的花蕊还娇。

徐梦宁捏捏她的脸,看向游子遇:"她是不是喝醉了?"

游子遇也不知道。

丛静摇头:"我没醉。"

桌上菜肴一扫而尽,徐梦宁独自收拾碗盘,丛静找了副扑克牌给他们打。

四个人围着小茶几,两两而对,丛静坐在游子遇和曲敏中间,看他们玩。

牌局无所谓输赢的话,就没意思了,孙晓玲说:"要不玩积分制,一局一分,五分封顶,垫底的人玩'真心话大冒险',小丛,你负责记。"

"好,没问题。"丛静比了个"OK"的手势。

游子遇觉得她比平时娇憨了一些。

游子遇先拿下五分,垫底的是孙晓玲,她选"真心话"。

曲敏问:"你谈过几个男朋友?"

小菜一碟,孙晓玲说:"两个。"

下一轮,还是游子遇先出线,这回轮到沈铭信垫底。孙晓玲问:"你喜欢的人身上必须具备什么特质?"

曲敏不满:"你对沈老师太温柔了吧。"

沈铭信想了想:"她不一定要有什么特质,我喜欢就够了。"

"满分答案。"

游子遇看了他一眼。

第三轮，又是游子遇五分。

曲敏说："小丛，你没给他多算吧？"

丛静呆呆地摇头："没有呀，他打牌本来就挺厉害的。"

"嚯！"曲敏挽起袖子，"沈老师，孙老师，下把我们打他个落花流水。"

"加油。"

游子遇凑过去，问丛静："你想看我输呀？"

丛静把他的脸推开："老是赢多无聊。"

不知是游子遇故意放水，还是当真风水轮流转，这轮他输了，他随便道："真心话。"

曲敏蠢蠢欲动，势必要问个劲爆的，结果被沈铭信抢了先："你为什么喜欢她？"

这个"她"是谁，大家心照不宣。

游子遇沉吟片刻，偏头，看着矮他一截的丛静，说："我活在混沌里，她开了一道天光。"

丛静的脸，慢慢地，慢慢地开始发热，变红。

他对她说过很多次喜欢，听得她快免疫了，反而是这样委婉的告白，让她的心像千百只蚂蚁爬过，酥酥痒痒的。

天色渐晚，曲敏说要回家给孩子做饭，沈铭信也有事，他们三人依次告别。

游子遇坐在原位，喝着酒，不动如山。

丛静："你怎么喝起来了？"

"叫个代驾就是。"他握着瓶身，"给你倒一点？"

丛静找来一个杯子，让他斟满，两人就着零食喝起来。

"今天生日，过得开心吗？"

"嗯。"丛静摩挲着杯沿，"游子遇，你说的那句话，什么意思？"

"哪句？"

"就你第一次'真心话'说的。"

"你不是听懂了吗？"

"不懂才问你，你……"丛静不知如何组织措辞，一个学中文的，竟在这上面犯了难。

游子遇说："我爷爷当年下海，赚的钱并不干净。他是个很心狠的人，也就是靠这点，发了家。后来他身边的人一个接一个地倒了，他才回 C 市，洗白自己。"

两个人杯中空了，他又倒满，继续说："但他的子孙辈，都继承了他这种风格，利益大于人情。很多人的结合，没有感情基础，我父母就是。我和我家关系很差，我母亲去世后，可以说水火不容。"他苦笑了下，"这种家庭，我宁肯不要。"

他说得粗略，丛静无法通过想象补充细节，可光这么听着，就已足够心疼。

她摸摸他的头，像摸小狗："这么多年，辛苦了。"

游子遇说："有得有失，其实也没什么，至少在经济上，他们从来没亏待过我。"

"那你以后呢？"

"那天从酒店回去，我就搬出来了，我父亲被我气到，停了我的卡。我现在给何卉凤打工，以后的事……以后再说吧。"

他本身就没什么人生规划，有一天混一天。

"打工"这两个字，实在不符合他的人设。丛静忍俊不禁。

"笑什么？"

丛静说："笑你从魔仙堡出来，落难到人间。"

游子遇弹了下她的额头："胡诌乱道。"

丛静浅笑晏晏，和他碰了下杯："敬自由，敬独立，敬未知的未来。"

"敬你。"游子遇眼底温柔得不行，酒入喉，甘甜生香。

他们有一搭没一搭地聊着。

明明游子遇之前说，会盯着丛静，免得她喝醉，结果他带头喝起来，两个人把剩下的酒都喝完了。

丛静头有点晕，她自沙发上滑落，坐在地上，手撑着脑袋，往嘴里塞着零食。

细白的腕子上，那抹红黄格外显眼。

游子遇诱导地问她："知道我属什么吗？"

他比她大一岁，所以是："鼠。"

"从属相上来看，牛和鼠二者互为六合，合之互旺对方运势，乃为大吉，极佳之配。所以我们俩，是天作之合。"

丛静脑子虽然晕乎，但还能转，没掉进他的坑里："梦宁和我同年的，她也属牛。"

游子遇被气笑了："我喜欢你，又不喜欢她。"

"嗯，我也喜欢你。"

两个人都怔住了。

整个世界都安静了。有心跳的鼓噪声，不知道是谁的。

丛静迟钝地反应过来，试图亡羊补牢："我也喜欢梦宁、曲老师她们。"

"你再说一遍。"

"我也喜欢梦宁……"

"上面那句。"他语气急切。那点酒对他来说，跟白开水没区别，但他还是想再听一遍。

"我……我不说，你什么都没听到。"丛静耍赖地把头埋到双臂间。

游子遇也坐到地上去："我就说，你也喜欢我。"

酒精害人不浅。她咬牙切齿，打死不承认："我没有。"

"你有。"他笑得嚣瑟，"你输了。"

丛静想了两秒，才想起他说的是之前，他们打的赌："我又没答应你。"

"那你答不答应做我女朋友？"

"我不，谁知道你这个人是不是真心的。"

"我真不真心，你明明比谁都清楚。"游子遇双手捧着她的头，将她的脸扳正，两人面对面的，他啄了下她的额头，"答不答应？"

她很有骨气："我不。"

他锲而不舍地啄她的脸颊："答不答应？"

她负隅顽抗："我不。"

游子遇看丛静，简直是猎手看已经落网的猎物："我看看你嘴怎么这么硬。"

啄吻这次落在她唇上，他碾了下，温软的，两人呼吸之间，还有淡淡的酒独特的芳香。

她睁大眼看他，眼睛水润润的，如清泉水洗过一般。他软了嗓音，换着法地叫她："丛静，静静，丛老师。"

"烦不烦啊你……"

他还在追问："答不答应？"

她别开眼睛："你自己不知道吗，问问问。"

游子遇笑了，他很久没有笑得这么开怀了。

刚认识那会儿，他整天丧着张脸，几乎不笑，就算笑，也只是扯一扯嘴角。

他追她的第一天，从一张课程表开始。

他们同在一个群，他申请加她为好友，要她们系的课程表。她不明所以，还是发了课程表给他。

第二天的第一节课，课上到中途，她后背被人戳了下。

看到他，她很惊讶："学长，你怎么在这里？"

"来蹭课。"

后来，她就经常能看到他了。教室，食堂，图书馆，后来发展到她兼职的地方。

丛静跟游子遇压根不熟，她只觉得困扰。

徐梦宁说："他条件也挺好的，你试着跟他处处呗。"

"你不觉得他那样的人，都是把感情当游戏吗？我对他没感觉，我才不要。"

但是时间长了，聊天多了，她发现他不像一般富二代那样纨绔。她的态度有所松动之后，他邀请她出去玩。

那次，是她头一回去酒吧。刚到她就后悔，为什么要跟他到这么不正经的地方？

游子遇只给她点了一杯冰镇西瓜汁，自己则和朋友喝酒，晚上十点不到，就把她全须全尾送回了宿舍。

尾随事件是个节点，之后他们的关系纵深发展。

他们经常在校园同进同出，保持着不远不近的距离，似情侣非情侣。

丛静始终没答应游子遇。

她跟他说，他们可以做朋友。

游子遇同意了，行。

其实他不知道的是，他是她从小到大，父亲之外，关系最好的异性。

回忆大二那年的事，丛静跟做梦一样。

她说："游子遇，我是喜欢你。"

游子遇："嗯，我之前就看出来了，不要说'但是'。"

"没有但是，就这一句话。"丛静闭上眼睛，终于认输，"我喜欢你。"

游子遇一手按在她后颈上，头一低，吻下去。

这次的，不再是浅尝辄止。

他只稍微含了下她的下唇，就迫得她启开齿关，放他入行。

丛静睫毛颤着，陌生的亲密刺激之下，放大了她的浅感觉，她不由自主地抓住他的手，十指交握着。

他勾着她的舌，交缠着，偶有啧啧水声，听得她面红耳赤。

酒味在唇舌碾磨中，变得越发浓烈。

她快呼吸不上来了。他放开她，额抵着额，给她空间汲取氧气，不消片刻，他再次攫取她的唇瓣，贪得无厌，不知餍足。

徐梦宁一下午未参与他们的娱乐，她打开门出来，看到的就是两人拥吻的情景。

她吓得立马退回房间，拍着胸口喘气："我的妈呀，我不会被灭口吧。"

丛静的唇红彤彤的，表情蒙，明眼人一看便知发生了什么。

她还不知道徐梦宁撞见了他们的事。

他们抱了一会儿，丛静就送游子遇下楼了。

他叫了代驾，明明没喝多少酒，却醉得不行。他舍不得她，在她唇上又亲了好几口，啵啵直响："明天我送你去学校。"

"我买了代步车，太早了，你起不来的。"

"再早我也要送你。"

丛静晕乎乎地坐电梯，进门，换鞋。徐梦宁在厨房热中午剩的饭菜："送游子遇去了？"

"嗯。"丛静走到徐梦宁身后，抱她的腰，脸压在她肩上，"我感觉好不真实。"

"怎么啦？"

"我答应他了。"

徐梦宁早料到有这一天："你们好好谈，他要是对你不起，我宰了他，剁碎了撒孜然爆炒。"

丛静被逗笑了："好。"

睡觉前，游子遇缠着丛静打视频，她还要忙工作，没空答应他，他说开着视频，他能看见她就好。

丛静无奈，还是遂了他的愿，将手机架在一边，摄像头对着自己。

游子遇也不知道在干什么，窸窸窣窣的。

丛静看电脑屏幕看得眼睛酸痛，转头去看他，问："你在干吗呢？"

"在看一些资料、合同。"游子遇说，"何卉凤开日用品公司，还有出口到东南亚的业务，她让我先熟悉这一块。"

"噢，你加油。"

他笑着说："你放心，就算我不工作，也养得起你。"

"我有工作，才不要你养。"

"我知道，就是说着很爽，你不懂。"

丛静：……什么毛病。

快晚上十点，丛静关了电脑，合上书本，说："我要去洗澡了。"

游子遇随口说："去呗。"

"那我挂了。"

"不行。"

"难道你还想看？"她不等他回答，骂了句"不要脸"就挂了。

游子遇莫名其妙。

丛静晚上翻来覆去地睡不着，想游子遇的话，想他的吻，想过去的点点滴滴。

她的父母感情笃厚，可听母亲说，早年父亲也做过不好的事，她对爱情有美好憧憬，要求也臻于完美，因为觉得遇不到，倒不如不要。

游子遇从头到尾都不是她的理想型。

她只想要一个，和自己三观、性格契合，有共同目标的人，简而言之是灵魂伴侣，外在条件并不重要。

但心动了就是动了，她管不住它，一朝放纵，沦落至此。

他的再三追问，让她节节败退，干脆放弃。

那就试试吧。

她揿亮手机，已经十二点了。

半小时前，游子遇给她发来一条语音。

她把音量调低，听筒放在耳边。

"晚安，睡个好觉，女朋友。"

他刻意压沉了嗓音，像他贴着她的耳郭，说出的这句话，尾音还在耳蜗中打转。她感觉耳朵发热。

晚安，男朋友。她心想。

清晨六点，丛静被闹钟闹醒。

她洗漱换衣服化妆，本来准备做早餐，但想到游子遇说要给她带，便直接下楼了。

比平时还早二十分钟出门。

游子遇在楼下等着，令她惊讶的是，他穿了正装。

他肩宽腰窄腿长，人又瘦，撑得西装裤笔直，白衬衫最顶上的扣子没系，露出一小截锁骨，袖子挽到小臂处。

跟他平时的形象大相径庭。

丛静说："你今天……"

游子遇正了正衣领："是不是被我帅到了？"

"人模狗样的。"

"……"

他解释说："今天要跟何卉凤去见客户，她说我没经验，要多见见世面。"

其实游立林也带他出去应酬过，但他从来不配合，游立林觉得他是个棒槌，后来就不带了。

游子遇忽然盯着丛静的唇看，她用手挡住："看什么？"

"看你有没有涂口红。"

他在她手心上小鸡啄米似的啄了下，又拿开她挡住唇的手，吻实打实地落到他想要的地方上。

她刚刷过牙，口里还有薄荷味儿。

他只含弄了下她的舌，就退出来："给你带了鸡蛋饼、粢饭团、豆浆、玉米、流沙包，想吃什么？"

"这么多？"

"我也没吃，剩下的给我。"

丛静发现他换回大学那辆奥迪了："你的迈巴赫呢？"

"何卉凤说太招摇了，一看就是太子爷体验生活，让我换掉。"

她系上安全带："怎么样，凡人生活疾苦吗？"

"还好吧。你打工那会儿，我天天陪着你，看也看了不少，不过亲身体验确实不一样。"

游子遇从小区开出去，驶上大路。丛静趁着早餐还热，慢慢吃起来，还撕了几块鸡蛋饼喂他。

到学校门口，才刚到七点。

丛静吃完早餐，掏出口红，拉下遮阳板，对着镜子三两下抹好。

游子遇说："你这跟没涂有什么区别？"

她抿了抿唇，两个小梨涡露出来："就提了点气色，当老师不好化太浓的妆。"

"赵光韬最近还老实吗？"

"有进步，但毛病还是很多，慢慢来吧，没办法一蹴而就。"丛静解开安全带，"我走啦。"

游子遇把她没吃完的早餐吃完，开车去卉心公司。

和游家不同，何承远原本就是个做建材的普通商人，搭上游家后，才把生意做大。家底厚了，何卉凤有底气创业，便有了卉心。

卉心不大，游立林半点看不上，事实上，游家上下都看不起何家。

若让游立林知道，游子遇宁肯去卉心，也不愿意留在游家，估计会气死。

游子遇是游手好闲，但他脑子活络，记性好，学东西快，这点是遗传的。

何卉凤对他很放心，还开玩笑说，游子回头，是金也不换。

他之前一个人，全无所谓，怎么活不是活，但他想到丛静，一个男人，既没有家庭的依仗，又没有事业，拿什么追求人家？他才找了何卉凤。

现在和丛静在一起了，游子遇更不能浑水摸鱼、得过且过，他想给她好的。

日子稳定下来，才能长久。

丛静上完一节课回办公室，曲敏问她："小丛，今儿个碰到什么好事了？"

"没有呀。怎么了？"

"你照照镜子，脸上都笑开花了。"

丛静当真照了下，镜中的女人，嘴角眉梢含着笑意，面色红润。

她说："可能是学生今天很听话，心情好吧。"

曲敏没怀疑，还深以为然："确实，一天不给我惹事，好好完成作业，我都要谢天谢地了。"刚说完，她班上的学生就来找她了。

曲敏比丛静忙得多，她当一个班的班主任，上课之外，天天处理学生的麻烦事，还要和家长打交道，丛静光是想想，就觉得头疼。

之前的月考成绩出来了，丛静带的三个班语文偏下游，校领导找她谈话，也让她头疼。

曲敏还帮她讲话："丛老师刚接手不久嘛，人又年轻，学生和老师都有个互相适应的过程，急不来。"

说是这么说，丛静也得想办法提高学生成绩。一整天的心操下来，丛静身心俱疲。快到下班的时间，游子遇给她发消息，说他还有事，没办法接她。

CCCJ：本来也没让你来接，到时候你又要绕回去，我坐公交车就行。

游乐王子：我女朋友真贴心懂事。

CCCJ：你晚饭吃什么？

游乐王子：点外卖，或者便利店吧。

想来也是，他一看就是十指不沾阳春水的，怎么会自己做饭。

游乐王子：我先去忙了，你到家跟我说一声。

CCCJ：好。

游乐王子：［亲亲］［爱心］

真肉麻。

丛静笑了。她看到备注，还是之前改的"游子遇学长"，她想了想，改成鱼的表情符号，与她钥匙串上的挂件遥相呼应。

打放学铃，丛静收拾好包包，准备回家。

作为科任老师，没什么事，就可以准时下班。

她走到楼下，遇到沈铭信和年级主任一起。

年级主任是一个四十多岁发福的中年男人，最热衷于上课时穿梭于各个班，检查课堂纪律，抓学生睡觉、看课外书等等。背地里，学生都很讨厌他。

丛静也不喜欢他，他看她的眼神，令她极其不适，但没有实质性的证据，她也不能说什么。

这会儿，教导主任又冲她招手："小丛老师，我和沈老师一块吃饭，一起吗？"

丛静微笑："我家里还有人等，就不去了。"

沈铭信知道是徐梦宁，教导主任惊讶道："你和男朋友同居啦？"

她没解释，他继续说："你们这些小姑娘，年纪轻轻的，还没结婚就搞这一套，难怪世风日下，人心不古。"

被他夹枪带棒地骂，丛静脸色不变，说："瞧您这话说的，你情我愿的事，明明是社会风气越来越开放，怎么就是变坏了？又不是1911年之前了，是吧。"

丛静怼得很爽，也不管日后会不会被穿小鞋。她又觉得悲哀，上份工作的领导，在一次团建时对她动手动脚，试图灌她酒，还以她实习期没过作为要挟。丛静看着文弱，却当场发作，冲他喊："我不干了！"

到底是因为什么人，什么事，才世风日下？才人心不古？

丛静看沈铭信的眼神也连带着不善，还一起吃饭，是一丘之貉吧。

她也不笑了："我先走了，你们吃得开心，再见。"心里骂着：无语，无语，真无语。

这么一气，到家后也没给游子遇发消息，直到他给她打电话。

"你到家了吗？"

"到了。"她语气硬邦邦的。

他不明所以："怎么了？谁惹你生气了？"

丛静一顿吐槽，游子遇安慰她："脑子醒醒的人，看什么都是醒醒的，跟这种人较真干什么？下次你劝他买点双氧水，洗洗脑子。"

丛静被他说得气消了一半。

游子遇说："我给你放个烟花，别气了。"

她下意识往窗外看，结果手机屏幕弹出几条消息，是一串的表情包，连在一起，就是冲天的烟花。

"……"

第五章
原来谈恋爱是这样的

QUTING
SHANHUHAIXIAODESINIAN

　　第二天，第三天……接下来的一个星期，游子遇雷打不动带着早餐来接丛静去上班。

　　这天，丛静下楼时，游子遇正立在车边。

　　五月下旬，初升的太阳已经有了点热意，游子遇仰着头，半眯着眼，打了个绵长的哈欠，眼角分泌出一两滴生理性盐水。

　　她觉得这样的游子遇，有几分呆憨，刚打算抓拍，他正好看到她了。

　　丛静若无其事地走过去："太早的话，你真的可以不来送我上班的。"

　　她知道他大学时的作息，打游戏打到凌晨，早上八点基本没课，即使有课也逃课，总是赖到很晚起，早饭也不吃，顶多敷衍两口。

　　从这点看，他就是个很普通的男大学生。

　　也就是为了追她，他大早上起来，去食堂打包油条包子豆浆什么的，绕到她宿舍楼下等，送完她，再回宿舍睡觉。

　　游子遇说："没事。"

丛静摸摸他的眼角："你都有黑眼圈了。"

"正好调整一下作息，不过确实很痛苦。"游子遇牵起她的手，"而且熬夜也挺伤男性功能的，虽然我还年轻，但也要防患于未然。"

两人虽是男女朋友，但目前未发展到肉体关系，丛静听得脸红了红。

车里的扶手边除了她的早餐，还放了一杯咖啡，车厢内，盈满咖啡的香气。

丛静："这是什么？"

"美式。"游子遇拿起来给她喝了口，冰得她脸一皱。

他笑了笑，又说："你要是有什么想吃的，提前告诉我，你家外面都没什么店。"

丛静应下来，想到自己的新车，叹了口气："我的车还没骑过几回呢。"

游子遇把她送到学校门口，问她："这几天没碰到那个教导主任吧？"

"工作上难免，私底下没再跟他见过。"

"他下次再说这种不三不四的话，你也别跟他硬怼，直接投诉，上梁不正下梁歪，就这样的人还教育学生。"

丛静想起他之前用鞋子抽人，又好笑又动容。

他本来是个对身边事漠不关心的人，当事人变成她，他就气得不行。

"好。"丛静挎上包，"我先走啦。"

"你是不是忘了什么？"

丛静下意识地看座位底下："没有啊。"

"你再仔细想想。"游子遇就差明示了。

"啊？"

她转了两下眼珠子，见他面色越来越沉，笑了。她不逗他了，凑过去，吻了下他的唇角，留下一个淡淡的口红印，她掏出张纸替他擦掉："小孩子要糖还会张口说呢。"

这是说他还不如小孩。

游子遇想抓过她的手腕，嘴对嘴地亲，她溜得快，转眼人就下车了。

"快去上班吧，路上慢点开。"丛静隔着窗户，对他挥手。

他拿她没辙，拍了下喇叭，以泄不满之气。

没把丛静吓到，吓到路边经过的一只野猫，它"喵"的一声惊叫，蹿进路边的灌木丛。

丛静脚步轻快地坐到工位，打开电脑。

经过对丛静几天的观察，曲敏越发肯定她有情况，午饭时，曲敏联合孙晓玲，对她"严刑逼供"。

"小丛，你太不讲义气了啊，谈对象都不告诉我们。"

丛静低头戳着炸鱼排："哪有。"

"我们都是过来人，你骗骗学生还行，还想骗得住我们啊？"

"发个微信都在笑，以前可没见你这样。"

丛静这姑娘吧，虽然看着温柔可亲，其实她对谁都是有距离感的，也是个性格慢热的。

曲敏想不出，她会跟谁黏糊糊地谈恋爱。

忽地，曲敏灵光一闪，问："是不是游子遇啊？"

丛静见猜到这份上了，也不再忸怩，"嗯"了声。

"我就说！"曲敏激动地拍了下桌子，引得其他桌的人投来视线。

孙晓玲咻咻笑，说："去 E 市那趟我就看出来，你们俩暧昧得要拉丝了。"

曲敏想到一件事："游子也是 C 市人吧？"

丛静点头："是啊，土生土长的。"

"你之前说，你不考虑 C 市人，是因为打算回 Z 市，怎么，是拒绝沈老师的借口？"

丛静都忘了这一茬了，她是有这个想法，但曲敏说的，也是真的。

她想解释，孙晓玲突然顶了顶曲敏，两个人都噤声了。

丛静顺着她们方才的目光看去，沈铭信走过去了。这下好了，闲话被话题中心本人听到了。

三人吃完饭，出食堂时，沈铭信正站在一棵树下，望着人来人往的门口。

曲敏和孙晓玲先走了，丛静走过去："沈老师，是想聊聊吗？"

午餐期间，校园里遍地是学生，难以找到谈话的好去处。他们走到停车坪，那里人少。

沈铭信先开的口，却跟她们刚才谈的话题无关："上次游子遇跟我说，你有时候牙尖嘴利，气死人不偿命，看来他所言不虚，是我不了解你。"

他们什么时候单独聊过天？丛静思忖两秒，想起来，应该是她生日那天。

"张主任年纪大了，有些思想落伍，他说的话的确不好听，你走后，我劝了他几句，他之后不会再找你麻烦。"

丛静之前听说，沈铭信家里有长辈在教育局，大概也是这个原因，张主任找他吃饭。

"麻烦你了。"

沈铭信顿了顿，才问出他想问的："你和他在一起了？"

"嗯。"当丛静的眼睛看着你的时候，你很容易相信她说的话，它太清澈了，就像你不会怀疑高山清泉里掺了杂质，"我们在一起了。"

这样的复述，只是让沈铭信更沉默。

"我没有明确说，是因为你没有明确提，但我觉得，我表现得应该很明显了。"

是啊，客客气气的，完全的同事之情，没有半点"养鱼"的嫌疑。

包括，她也毫不掩饰，她和游子遇的亲密熟稔。

丛静又说："我以为跟曲老师她们说，你应该会知道。"

曲折地传递拒绝的信息给他，避免两个人都难堪。

"我知道那是借口。"沈铭信说，"但是我以为，你身边没有人，时间长了，总归能接受我的。"

丛静沉默了下："抱歉。"

他笑了："感情是自己主动付出的，你又没有对不起我，道什么歉。"

"好人卡你可能不想收，但是沈老师，你人真的很好。"

"你可别夸我了，不然我会更不甘心的。"

两人都笑了，沈铭信说："君子不夺人所好，我不会打扰你们的。祝你们幸福。"话罢，他提步走了。

丛静待在原地，正午日头晒得她鼻尖微微冒汗，这么快就要入夏了啊。

她给游子遇发了条信息。

CCCJ：听说你在背后编派我。

他应该也在吃饭，回得很快，是一张手指对着天花板的照片。

CCCJ：？

游乐王子：指天发誓，冤枉啊。

丛静笑出声，不怪曲敏窥破她恋情，这么笑，是够傻的。

玩笑过后，游子遇正经问：你听到什么风言风语了？

CCCJ：只听说某个人背着我拈酸吃醋。

他一下就猜到了：沈铭信？他跟你说什么了？

CCCJ：没说什么，我跟他们说，我们俩在谈恋爱。

游子遇一看，尾巴都要翘上天了，说：是得盖个戳。我朋友他们也想见你，周末一起吃个饭？

CCCJ：好啊。

游子遇定的下午到晚上的活动，白天他们俩约会。

丛静挑了条收腰长裙，搭配一个珍珠白的小挎包，大小只塞得下手机和钥匙，头发放下来，至于鞋，让徐梦宁帮忙看。

"高跟磨脚，又要配衣服……就这双小白鞋吧。"

没办法，可供选择的实在不多。

徐梦宁问："这是你们第一次约会吧？"

"嗯。"丛静有点小紧张。

徐梦宁往她包里塞了张折叠的纸片，冲她眨眨眼："徐军师的锦囊妙计，有需要的时候，记得看哦。"

游子遇今天一改往日的黑白风，换上亮眼的颜色，头发抓过定型，看着很精神。

丛静下楼前一刻，他还对着手机拨弄头发。

他没开车来，坐地铁公交车出行，他觉得这样，才有纯情的大学情侣的气氛。

丛静知道他对大三追不到她有执念，随他去了。

当两个人刷卡，坐到公交车最后一排，吹着初夏的风时，她又觉得，也挺好的。

丛静歪头靠着游子遇的肩，闻到淡淡的香气，很温和的香调："你喷香水了？"

"好闻吗？"

她又嗅了几口，说："你比我一个女人还精致。"

"我以前身上有烟味，你嫌我臭。现在没有了，丛老师有奖励吗？"

丛静竖了个大拇指："游子遇小朋友真棒。"

游子遇在她唇上亲了两口，把她口红都亲花了："我要这个。"

还好旁边的座位没人。她拧他胳膊。

行程是游子遇和丛静商量着定的，约会传统项目看电影被他否决了，想起沈铭信，实在有点硌硬。

他在网上找攻略，看到一家首饰手工店，预约了情侣对戒款。

工作室很大，摆着几张大的桌子，有各种乱七八糟的工具，他们到得早，只有几名店员在。

游子遇找人设计了款很简单的式样，他给一名店员看设计图，然后由店员全程指导他们制作。

其实就是普通的素戒，一枚宽一枚窄，上面的图案才是亮点。"Y"和"C"两个字母交缠着，添加几笔，线条如鱼。

店员给他们套上围裙。纯手工制作，费了两三个小时，银条经过敲打、錾刻、塑形、焊接等流程，最终变成戒指，尽管手工痕迹明显，丛静还是觉得很有成就感。

游子遇非常郑重地，拿起她那枚，给她缓缓套进右手中指上。

——象征着佩戴者正在恋爱。

丛静也给他戴上。

店员同样是年轻人，开玩笑说："不知道的，还以为你们在婚礼现场。"

丛静脸一红。

游子遇揽着她的肩，一起走出工作室。

丛静抬起手，银戒在阳光的照射下，折出熠熠的碎光，阴刻的字母宛如游动了起来。

他捧起它，在戴戒指的指根处落下一吻。

街道上，有行人看了过来，她猛地将手一抽，小声道："干吗？好多人呢。"

游子遇和她十指相扣，晃了晃："亲我女朋友，还要别人准许吗？"

丛静发现，他这人身上真的有点恋爱天赋。

游子遇岂止是有点恋爱天赋。

餐厅预约的时间还没到，他带丛静去逛商场。

对于丛静来说，商场的衣物不在她可承受的消费范围内，夏季尚好，冬季大衣、羽绒服动辄几千上万，令她望而却步。

游子遇知道她有心理压力，倒也没带她去奢侈品牌店，而是进了某国外小众品牌店。

丛静偷偷翻了下吊牌，心里略微一松，还好。

游子遇自己穿阿玛尼、Gucci 这类，店员极有眼力见，热情地前来招待。

经常跟何卉凤这一时尚女性待在一起，对女性服装的审美，游子遇是在线的，他挑了几条裙子，让她去试。

丛静从试衣间出来，被倚在门口的游子遇吓了一跳。

他上下打量她，米色的，很衬她气质，温婉柔美，款式保守，适合上班穿。

"好看，再去试下一条。"

丛静一连试了三条，风格天差地别，性感的、温柔的、小清新的，游子遇都说好看，她怀疑他是敷衍她。

可他最后全叫店员打包下来了。

店员直夸："小姐，你也太有眼光了，找到这么好的男朋友，你们好登对。"

一句话，把两个人都夸到了。

丛静笑笑，看到游子遇脸上浅浅的笑意，心说，你也太会夸了。

游子遇又想拉丛静去试鞋，她怕了他这种买法了，试图和他打商量："下次吧，太多了不好拿。"

"我帮你拿。"

"晚上还要去吃饭，不方便。"

"没关系，我……"

正在两人胶着期间，从旁边的 LV 专卖店里，走出一个妆容精致的年轻女人，她惊讶道："游子？"

他们的脚步停下。

游子遇懒洋洋地掀起眼皮，面无表情，不咸不淡地应道：

"好巧。"

赵心慧又说："这是……你女朋友？"

探究的视线转移到丛静身上，并不携带恶意，却让她感觉怪怪的。

游子遇一手拎着袋子，空出来的那只就揽着丛静的肩，让她贴着自己："对。"

他没有互相介绍的意思，丛静也不知道他们什么关系，简单打个招呼："你好，我叫丛静。"

"你慢慢逛吧，我们先走了。"

游子遇说着，要带丛静离开。赵心慧又叫住他，或者说，她是冲着丛静。

"第一次见面太过仓促，没有准备，刚买的包，送给你吧。祝你们好好玩。"赵心慧笑着，把一个包装袋塞到丛静手里，就蹬着高跟鞋走了。

丛静蒙着："这……"

游子遇漫不经意："送给你，就收着吧。"

游子遇带她去吃饭，直到菜端上桌，她脑子里还在想刚才的女人。

她的年纪与他们差不多大的样子，从头到脚都是名牌，翠绕珠围，很显富态，出手就是只LV。

她叫他游子，所以，他们至少是熟悉的。丛静知道他这两年没有别人，但在她之前的情史，她并不了解。

可倘若是前女友，或者普通的朋友，为什么要送他现女友包？

丛静百思不得其解。

游子遇给她夹菜："想什么呢？"

她张了张嘴，又咽回去，摇头，执起筷子开始吃饭。

看她欲言又止，游子遇说："想问我和她的关系？"

丛静点点头，又说："你不想说也没事。"

恋爱伊始，感情不稳定，很多事情刨根问底，并不是好事。她小心翼翼的，只想维系这段关系。

时值午饭点，餐厅内放着音乐，人声也喧闹，服务员走来走去，有绿植和屏风的隔断，他们在一个相对隐秘的空间。

解释起来，其实三言两语就可以概括全。

游子遇说："她叫赵心慧，是比我大两届的直系学姐，也是……我爸的情人。"

丛静猛地抬头看他，她万万没想到，是这种关系。

大一时，赵心慧是他们班的班助。

从入学到军训，再到后面的生活、学习，她经常出现在游子遇面前。

赵心慧长得漂亮、会打扮，说是系花也不为过，再加上成绩好，擅长社交，很多男生私下奉她为女神。

游子遇不喜欢她，对她的示好爱搭不理，结果，没过几个月，在家里见到她。

据说，她是在他生日宴那天，搭上游立林的。

赵心慧年轻美丽，如愿当了游立林的秘密情人。系里渐渐传出关于她的谣言，却不知那个男人是谁。

毕业后，她没读研，也不用工作，被游立林带回家，甘心当那金笼中的金丝雀。

直到现在，游家都没接受她。但因她不表露野心，游立林对她宠爱依旧。

但也绝不是独宠。

游立林那样身份的人，他也不想再娶第二个何卉媛。

她们都知道，他从不走心，只是玩玩，却依旧对他前赴后继。

"她现在没名没分地跟着我爸，住在我家，至少家里的阿姨喊她'太太'，过着光鲜亮丽的生活。这是她自己的抉择，我不会多嘴，你也不用在意她。"

丛静说："她会告诉你爸爸，我们的事吗？"

"既然敢让她知道，就不怕她说。"点的都是丛静爱吃的，他给她夹菜。

"你爸会找我吗？"

他不答反问："你怕见他吗？"

"我……还没做好准备。"

"那就不见，你不愿意，谁也强迫不了你。"

丛静心定了定，专心吃饭。

游子遇发现，她吃得真是少，往往没吃几口就说饱了。

他伸长手，隔着桌子，捏捏她的脸，调侃："是不是小时候没好好吃饭，才长不高？"

"是基因好吗？"她嘀咕，"再说，南方女孩子平均身高本来就低。"

"瘦也是吗？多吃点，身上没几两肉。"

"你怎么知道没有？你又没看过。"说完，她忽然噤声了。

游子遇哧笑一声，惹得她更臊得慌。

他是没看过，总归抱得出来，她这么一说，想给他看似的。

"别再低了，脸都要埋进饭里了。"

桌下，她踢了下他的小腿，脚没来得及收回去，被他两腿夹住，她使不上劲，动弹不得。

游子遇脸上的笑意扩得更大了："快吃饭。"

原本，游子遇的身边也可以有各种莺莺燕燕，环肥燕瘦。他的朋友、亲人大多如此。

他看得多了，习以为常，因此不会对赵心慧多加妄议。

因何卉媛的缘故，他不愿主动碰女人，他信马游驰于万花丛中，片叶不沾身，却一不留神，被丛静这株不起眼的小草绊住，失了马蹄。

但他甘之如饴。

前面的开销都是游子遇付的，所以这顿饭的饭钱是丛静结的。

游子遇到底还是给丛静买了一双鞋，她拗不过他。

给喜欢的人买东西，是件令他开心的事，他理直气壮，说她不能剥夺他快乐的权利。

她不禁质疑："你不是说你爸把你卡停了吗？"

"知道他有这一手，存了私房钱呢。"

"那也有用尽的时候。"

游子遇牵起她的手："我又不是给何卉凤免费打工。"

"房东太太给你发多少工资啊？"

他想了想，说了个数。

她说："游乐王子，你要节衣缩食了。"这还不够买他几件衣服的呢。

"我要是吃不起饭了，你养我吗？"

丛静无语："你前几天还说养我。"

游子遇摸了摸下巴："那我考虑一下篡了何卉凤的位吧，到时候你就是卉心老板娘。"

她笑着骂他："我要是她，我得悔死，引狼入室。"

丛静和游子遇胳膊挽着胳膊，手还交握着，和街上任何一对普通的情侣无异，这样的贴近，她的心也得到熨帖。

啊，原来谈恋爱是这样的感觉。

与他说些寻常的话，她都觉得心里甜得直发腻，跟蜂蜜浆液一样。她的拇指偷偷地，摩挲着他的手背、虎口，他察觉到了，握得更紧。

傍晚，他们到达包厢。

游子遇的朋友都到得很早，见到丛静，七嘴八舌地喊"嫂子""弟妹"。

有的在 E 市见过，有的在大学时见过，没几个生面孔。

她有些招架不住他们的热情，还是游子遇喊停："行了啊，别吓到她。"

从前他们就知道他追她追得辛苦，连和他们聚得也少了。后来他和她断了，他们不敢提"丛静"的名字，跟一道疤似的，揭了不会要命，但也疼。

现在游子"苦尽甘来"了，能不对人家好点吗？

瞧瞧这护妻的样子，啧。

他们要点菜，征询丛静的意见："你有忌口的吗？"

"我海鲜过敏，河鲜可以吃一点。"

"好嘞。"

游子遇靠着椅背，跷着二郎腿，一手垂着，一手搭在丛静后头，偶尔卷起她的两缕头发玩，姿势"大爷"极了。

丛静回着他们的话，没空管他，忽然想到什么，低声问他："点这么多，会不会很贵啊？"

"这你不用担心，他们请。"

"啊？"

"是他们的心意，还有一份礼物，待会儿你别推拒，以后我会还的。"

这时，彭轲问："弟妹，待会儿我们去酒吧，你去吗？"

丛静坐直："可以啊。"

他们两个这么说话，仿佛上学时，老师在讲台上课，学生在底下交头接耳，老师一抬头，眼神一扫，他们立马分开。

纯情得不行。

饭后，他们涌入酒吧。

彭轲说，他们经常来这里，相当于是他们一个"据点"。

缤纷的灯光轮转变换，明明暗暗，一杯接一杯的酒端上桌。他们端起酒杯："来，让我们祝游子遇脱单快乐！"

游子遇说："别大呼小叫的，整得我多难'脱'掉似的。"

"要不是弟妹松口，可不是一直单着嘛。"他们毫不留情地揭他短。

丛静酒量一般，游子遇给她点的低浓度鸡尾酒，酒液的颜色很漂亮，上面还插着一片青柠檬。

她也和他们碰杯，仰头饮尽。

他们格外捧场，啪啪鼓掌："海量啊！"

游子遇笑着说："别闹她啊，我陪你们喝。"

他们一群经常混迹酒吧的大男人，可没那么秀气，喝嗨了，直接瓶对瓶。

丛静心惊肉跳，忙对游子遇说："你少喝点，到时候醉了，我可弄不动你。"

"没事，我有数。"

她皱着眉头："那也伤胃。"

他笑："遵命，丛老师。"

游子遇喝了半瓶，揽着她窝到沙发角落里。他借着酒劲，想去亲她，她嫌弃有酒气，推他的脸。

"你这么快就嫌弃我了。"看不清他的表情，但语气是委屈的。

丛静啄了下他的唇："好了，别折腾了。"

蜻蜓点水般，无法满足游子遇。

他侧过身，手掌压在她身边，高大的身躯下，大片阴影罩住她，同时也挡住别人的视线。

他身形如山，无法撼动。

她要出声，被他堵了回去。

她唇上的口红早在吃饭时就擦掉了，没及时补，于是，游子遇品尝到的，是"原生态"的丛静。

音乐声、酒杯碰撞、人群笑闹，到丛静这儿，就像隔了层膜，变得隐约不清了。

唯有她自己的心跳声是清晰的，或许也有他的。

游子遇咬她的下唇，舌头钻进去的时候，她轻轻"嗯"了声，很快，被几重声浪淹没，只有他听见了。

她的口齿间也有酒味，带着果香，他的更烈。

在唇舌的交缠之下，酒与唾液融合，发酵、浓缩，她也快醺醺然了。

丛静的头仰着，承接他的亲吻，手不由自主地抓住他的衣服下摆，攥出褶皱来。

游子遇不急不躁，揽着她腰的手，开始上下抚动。隔着布料，她也能感受到他手心的炽热。

接吻会上瘾，她从前不懂。

他放过她的唇瓣，吻一个个落在她鼻尖、脸颊、耳朵，接着又绕回来。

前面像开胃菜，这次他掠夺性地扫荡、搅弄，她的舌根隐隐发酸、发痛，却主动地回应他。

游子遇觉得，她那么乖、那么软、那么娇小，他想将她整个吞噬，骨渣都不留。

转念，他又舍不得，温柔地舔舐她的下唇，含吮她的舌尖。

这个漫长的、充满情欲的吻，令丛静几乎忘了他们此时身处何地。

如果不是有人叫他们的话。

"游子，大庭广众的，收着点啊！"

若换作别人，他们大概会说，要搞滚回酒店房间搞去。但丛静不行啊，对她开黄腔，会被游子遇揍死。

游子遇留恋不舍地退开，丛静看见，他们之间牵出银丝，纤弱至极，很快断掉。

她的脸红透了，滚烫的。

过了会儿，一名服务员端来一个小蛋糕，上面插着"C"和"Y"两根蜡烛，底下写着 congratulations（庆祝）。

还有一个很大的锦盒。

"游子跟我们是好多年的朋友了，你跟他在一起，我们几个商量好，送你一份礼物，不算贵重，希望你收下。"

盒子沉甸甸的，丛静问："我可以打开看看吗？"

"弟妹你太客气了，随便看。"

丛静打开，借着不甚明亮的灯光，看见里面排列着几件点翠珠宝首饰，每一件工艺都美轮美奂，看起来是古董。

她有点吓到，这还不叫贵重？

她不禁看了眼游子遇，他示意她收下。

"那谢谢你们了。"

玩到快十一点，游子遇带丛静先走。

外面的空气都清新许多，她混沌的脑子也清明几分。

他叫了辆出租车，报了她家的地址。不知为何，她松了口气，又有种提前准备后不成行的失落。

来酒吧前，丛静料到回家会很晚，想了想，在厕所拆开徐梦宁塞给她的纸条。

上面是几个链接。

她在浏览器输入第一个，进去。

是一篇科普文章，纯理论，从男性到女性，如何取悦双方。

第二个，是一个视频，她看了几分钟就不敢看了，太……直白了，是她完全没接触过的领域。

她也不再验证下面的链接，在心里把徐梦宁骂了个透，找的什么玩意儿。

回座位时，游子遇还问她脸怎么那么红，她撒谎说是包厢太闷了。

可惜，徐梦宁做的是无用功。

游子遇像大学时那样，将丛静送到楼下，再自行离开。

听到丛静回家的动静，徐梦宁也很惊讶："你就这么回来了？"待看到她手上的几个袋子，又改口，"我去！"

徐梦宁嚷着要试那只包，说实话，丛静现在才看到它的真面目。

"这是新款吧？你说，我得打几个月工才买得起？"

徐梦宁家庭条件好点，但她不是独生女，有个妹妹正在上学，经济压力也不轻。

丛静："我也不知道。"

徐梦宁把包装回包装袋，再次感叹："不愧是游子遇，出手真阔绰。"

丛静也没跟她解释，这不是他送的，毕竟是他的家事。

丛静回到房间，打开那只锦盒。

房间的灯光更明亮，她洗净手，拿起来对着光线看，精雕细琢，沉淀着岁月的痕迹。

她很喜欢这种中式的艺术品，她有些怀疑，这是游子遇挑的。

说曹操曹操到，游子遇发来消息。

游乐王子：端午节你要回家吗？

CCCJ：不回。

游乐王子：何卉凤说让我带你去她那里吃饭。

CCCJ：房东太太知道了？

游乐王子：她看到朋友圈了，我没告诉她是谁，但她应该猜得到是你。

朋友圈？丛静打开他的，发现他发了好几张照片，都有她的入镜，还有两枚戒指的特写。

无需多说，明眼人都看得出来。

他们的共同好友都在下面祝"99"，还有人很惊讶地问他找女朋友了。其中包括一些大学同学，除了徐梦宁，没人知道女方是谁。

游子遇想起什么：你还没对我开放朋友圈，我们这么"熟"了，可以进了吧。

这是拿她之前的话回敬她。

CCCJ：早就开了，只是我一直没发。

她设了三个月可见，也没发新的。

游子遇美滋滋的：哦，没事了，你早点睡。

丛静洗完澡，将戒指摘下来，放在床头。

窗帘未拉，浅淡如水的月光照进来，在地面、床上，无声地流淌着，一地银华。

这是个晴朗的夜晚，适合想念心上人。

丛静闭上眼，想到某人，唇边还带着笑意。

六月初，初中部又进行了一次月考。

丛静之前鼓励他们，暑假作业根据分数，可以相对应地减免。加上她紧盯背书、作业，这次月考也略见成效。

再过半个月，就是端午节三天假期。

丛静正好发了工资，去何卉凤家前，买了几件礼品，有给何卉凤的，也有给赵光韬的。

端午节那天早上，游子遇来她家楼下等。

丛静穿上之前他送的裙子和鞋，头发松垮地绾在脑后，娇妍动人。

她用保鲜袋装了两只热好的粽子，她剥了一只，递到他嘴边："我妈包的，你尝尝。"

游子遇不爱吃粽子，嫌腻，但还是张口吃了。她妈妈包的是黑米杂粮粽，里面有一小块瘦肉，经过长时间蒸煮，又糯又香。

他夸赞道："好吃。"

丛静说："我大学时，最想念的就是我妈包的粽子，她每次给我寄好多，都跟室友分了。"

她又问他："你还吃吗？"

他摇头："我吃过早餐了。"

丛静就自己吃起来。红灯时，游子遇瞥到她唇边沾了一粒米，他抽了张纸，替她擦掉。

她咀嚼的动作都停了，眨着眼睛看他。

"亲一下。"他说，就像个要糖的小孩子。

丛静噘起嘴，在他嘴上亲了下。

指示灯恰好跳到绿。

丛静把粽叶和垃圾装进保鲜袋，指腹黏黏的，她无意识地搓着纸。她突然说了句："游子，我有点紧张。"

"你不都见过他们了吗？"

"不一样。"这是她第一次以他女朋友的身份，见他的家人。

游子遇拍拍她的后脑勺："何卉凤很喜欢你，赵光韬也不敢说你不好，放心吧。"

他说完，一个电话响起。他瞄了眼屏幕，是游立林。他接通，打开免提。

游子遇直视前方："您有何贵干？"

"今天端午，回家吃饭。"

游子遇特别不喜欢他这种命令式的语气："不回，我跟我女朋友过。"

"那就带回来一起。"

游立林一点不惊讶，想来是赵心慧同他讲过了。

"我傻吗？我带她去受那群人的气？你舍得我不舍得。"他没好气，"我们去我小姨那儿。"说完就挂了。

丛静知道他和家里关系不好，没想到这么针锋相对，她沉默着抚了抚他的小臂。

游子遇没生气，他都习惯了，但对她的安抚十分受用。

下车后，游子遇牵起丛静，带她上楼，按了下门铃后，直接输密码开门。

何卉凤住的是一套大平层，家里收拾得窗明几净。她在家里穿得很随意，就像一个普通的大姐姐。

"Hi，小丛。"她嗔怪游子遇，"谈了这么久，还瞒着我。"

丛静将礼物递给何卉凤："房……小姨，这是我给你和韬韬的一点心意。"

她还是随游子遇叫了。

何卉凤接过，笑着说："小丛你也太贴心了。"

她一面迎他们进屋，一面喊道："韬韬，你子遇哥来了，别窝在房里打游戏了。"

赵光韬很久没看到游子遇了，趿着拖鞋跑出来，开心地喊："哥！"

他拖长的音突然一顿，变成："丛老师？！哥，你女朋友是丛老师？"

第六章

丛静至上主义者

LUTING
SHANHUHAIXIAODESINIAN

待反应过来，赵光韬惊讶的情绪转为喜悦："丛老师，我可以不写作业吗？"

丛静微笑："不可以。"

游子遇往他后脑勺上拍了一巴掌："你怎么答应我的？"

赵光韬捂着被游子遇打痛的地方，委屈地说："知道了。"

男孩子皮糙肉厚，很快就没事了。

何卉凤家里还有个帮佣阿姨，快五十岁，是话少、踏实干活的类型。

何卉凤买了箬叶、糯米、咸蛋黄等材料，放在两个盆里，问丛静会不会包。

丛静点头："会的，小时候经常帮我妈包。"

帮佣阿姨在厨房忙活，何卉凤和丛静坐在桌边，边包粽子，边聊天。

赵光韬叫游子遇带他"开黑"，虽然年龄差大，但游子遇不会嫌弃他幼稚、技术差，出手还大方，给他买皮肤、装备，只要见到游子遇，他就能得到一笔好处。

他时常嚷着说，游子遇就是他亲哥。

但他发现，今天他亲哥打游戏不专心。

何卉凤、丛静她们有说有笑，游子遇时不时瞄一眼，瞄多了，一把也就输了。

打完两把，游子遇把手机给赵光韬，说："你自己玩吧。"

他走到餐厅那边，坐到丛静身边，揽过她的肩膀，和她咬耳朵地说了几句什么，被她屈肘顶了一下胸口。他也并不恼，一只手搭在她背后的椅背上，看着她们包。

赵光韬目瞪口呆，他几时见过游子遇这个样子。

他恶狠狠地进入房间开始匹配，臭情侣！

一个个粽子丢进高压锅里煮，接下来就不用操心了。

"小丛，你过来。"何卉凤站在一间房间门口，对丛静招手。

游子遇想跟过去，被瞪了一眼，何卉凤说："跟屁虫啊？这么大个人了，玩你的去。"

赵光韬那里，就成了他的去处。

游子遇看赵光韬的走位和操作，教他怎么打。

赵光韬连"跪"三局，还好不是排位，不会掉段，这把打得"磕磕巴巴"，终于赢了。他不玩了，怕把游子遇的号玩烂。退出去时，正好看到壁纸是丛静，还是单人特写。

"哥，你怎么认识丛老师的啊？"

游子遇懒散地用眼风扫了赵光韬一眼："干吗，小孩子别瞎打听。"

"喊，你也就比我大九岁多。"

"区别就是我能谈恋爱了，你不能。"

喊，能谈恋爱了不起啊。初中生赵光韬不屑地想，觉得他哥恋爱前恋爱后判若两人。

赵光韬又问："你这么喜欢丛老师啊？"

游子遇反问："什么'这么'？"

"你老黏着她，我小时候都没这么黏我妈，而且你还亲她。"

何卉凤那个时候转过身去，和阿姨讲话，游子遇趁机在丛静脸上偷了个香。他们背对着他，他只看清这个动作，没看清位置。

游子遇摸摸他的头，学校要求男生把头发剪短，毛扎扎的。

赵光韬不喜欢，把脑袋撇开："会长不高的！"

"等以后，你有喜欢的女孩子就知道了，相爱的人有亲密的肢体动作，会带来喜悦感。"

赵光韬一知半解。

丛静跟何卉凤进的是书房。

比之客厅，这里要凌乱许多，书架上堆满书本、文件，塞不下的就堆在地上。桌面除了两台电脑，也是一堆文件、纸张。

何卉凤说："这里没让阿姨打扫，有点乱，你先坐。"

她搬过一个小台阶，踩上去，在书架最顶部拿下来一个长方体红木盒。看起来沉甸甸的，丛静上前搭了把手。

"我姐姐，也就是子遇的妈妈，把这些留给了我。"打开来，最上面是一本相册，"都是他从小到大的照片。"

照片不多，按照时间排，从他百日、周岁，一直到高中，后面就没了。

丛静意识到，是他母亲去世的那年。

当中出现有赵光韬，有何卉凤，还有一个与她有几分相似的女人，偏偏缺席一个角色极为重要的人。

"对那个人来说，子遇是他血脉相连的儿子，而不是关系亲密的家人。他们游家很多人都这样。我姐姐经常让我带子遇出去玩，子遇才同我亲近，同韬韬亲近，要不然，时间长了，我怕子遇也像其他游家人一样薄情寡义。"

丛静默默地听着，心里实在堵得慌。

"你是他第一个喜欢的，带到我面前来的女孩子，难免同你多说了几句，是想给你打打预防针。你们在一起，总要面对他家里人的。"

丛静闷闷地说："我听他大概说过。"

"不过你也不用太担心，这不是还有我和他在嘛，我们不会让你受委屈的。"

她说得好温柔，却又由内而外地展现出一种力量与坚定，这让丛静明白，游子遇为什么与他这个小姨亲。

何卉凤又拿出一个螺钿漆器首饰盒："我姐姐还给他未来媳妇儿准备了彩礼。"

一层层打开，一对玉镯、宝石项链、金耳环，留一枚戒指的空缺。

"她说结婚戒指得留着让子遇自己挑。"

她笑了下："不过现在还不能给你，得等你们结婚。"

丛静不好意思："我们……还没想那么远。"

"我看子遇巴不得早点把你拐回来。"何卉凤又叹了口气，"要是我姐姐看到你，肯定会很喜欢你。"

丛静是传统中式家庭里，母亲偏爱的那类儿媳。

她懂事、大方、善解人意，又有体面稳定的工作、和谐美满的家庭，最重要的是，游子遇很喜欢她。

从此角度看，何卉凤反而觉得，自己外甥这种性格的人，配不上她。

她突然想起什么："我之前应该见过你。"

丛静茫然："啊？"

何卉凤回忆着："好像是有一次，子遇和我吃饭吧，在你们学校附近的饭店，你和你几个朋友一起离开，服务员给你递了一束玫瑰。当时子遇就看着你们，我问他是不是认识，他'嗯'了声，可又没跟你们打招呼，我还奇怪。"

丛静想起来了，那天是她生日，她和室友去外面吃饭，走时突然收到花，她们都很疑惑。最后是服务员说："听说今天是您生日，这是小店为您准备的小礼物，请笑纳。"花上系着一张贺卡，上面的字是印刷的，写着"祝你生日快乐，平安喜乐"。丛静便收下了，她们还嚷着，下次过生日也要来光顾这家店。可后来去，她们谁也没有再收到过。

"那是，游子遇送的？"丛静忽然福至心灵。

当时，她才大一，过十九岁生日，他还没开始正式追她，偶然遇见，就委托服务员送了一束花。

是这样吗？

"我也不知道，这得问他自己。不过我猜，应该是吧。"

那天就是个寻常的日子，只是因为女孩子漂亮，何卉凤多看了几眼，没想到，他们有绵延这么久的缘分。

丛静又留在书房里和何卉凤看了会儿照片。

游子遇从小就瘦瘦的，初中还是个小矮子，高中开始抽条，一下子就蹿上来了，到现在一米八多。

何卉凤笑着说："他那两年可在意身高了，隔几个月没见他，他就要告诉我，他长了几厘米。"

通过她的描述，丛静脑海不自觉勾勒出少年时期的游子遇——很优秀，很骄傲，也很爱笑的男孩子。

母亲的去世，对他打击不小。

丛静心疼他，连带地，也有些恨他的家庭。

门被敲响，游子遇径直走进来："有什么好说的，聊这么久？"

何卉凤把东西收回去，说他："没大没小，让你进了吗你就进。"

"你把我的人带走这么久，还不许我来讨人了？"

何卉凤好笑，别人是儿大不由娘，他是儿大不由姨："你带小丛先出去吧，正好也要开饭了。"

游子遇看着她怀里那个盒子，没说什么，牵着丛静出去后，才问："她给你看我的照片了？"

"嗯，你小时候就挺帅的。哎，"丛静挠了下他的掌心，"问你个问题。"

"你说。"

"我大一生日那天，是你叫人给我送的花吗？"

"有这回事吗？"

"别装傻。"

"好吧。"游子遇无奈，他本来不想说的，"我也没动别的想法，你为部门鞠躬尽瘁将近一年，赶巧遇到了，就送束花而已。"

丛静有些失望："就这样？"

"你在期待什么？"游子遇看她，眼中带着调侃。

"我只是找不到你喜欢我的源头，想不明白你为什么就开始追我了。"

"可能是第一面，也可能是后来相遇的某一次，我也不知道。"

或许，真正的心动，来得比他意识到的，要早得多。爱情这回事，谁知道呢，他深陷其中，当局者迷。

游子遇还记得初见。

那是军训期间，部门摆摊招新，穿着迷彩服的新生来来往往，丛静挽着徐梦宁，也可能是她另一个室友，到他们面前。

天气热太阳晒，他恹恹地坐在后头，手里拿着一瓶冰水喝。

"学长，我想问一下，你们部门是做什么的呀？"

女生声音柔柔的，不大不小，燥热的夏末初秋，给人一种清润感，仿佛手握一块质地凉的软玉。

问话的正是丛静。

刚摘下帽子，她的头发略毛糙，小小的鼻头上有汗，眼睛跟深山浅溪一样清澈。为了透气散热，她将袖子、裤腿都挽着，露出一小截白皙的皮肤。手腕、脚踝，哪儿哪儿都显出她骨架的小。施粉黛的巴掌大的脸，十分干净、柔和。是很典型的南方女孩。

被问话的部门干事见是两个漂亮妹子，高谈阔论地介绍起来。他给她们发了个人信息表，她们当场填好，递还给他。

从头到尾，游子遇都没出声。

她们走后，他拿起一张，记住了她的名字。

丛静。

姓氏特别，名字却平平无奇，全中国大概有几千万女性的姓名里带这个字。

过几天，在面试现场，游子遇再次见到她。

游子遇追丛静那一年，他很多朋友都知道，甚至为此耻笑他。

他们认定一个理论，爱情博弈，谁先上头谁先输，游子遇打死不承认："反正不是我。"

他想把丛静一起拉进深渊，奈何她雷打不动，坚如磐石。

当时，的确是游子遇输了。

他平生没为什么人、什么事执着过，偏偏在丛静身上栽了跟头，还栽得那么狠。

游子遇说："这辈子，能让我认栽的，估计就只有你了。"

丛静垂着眼，说："我有点后悔。"

他皱眉："后悔答应我？"

"要是早知道，我最终还是赢不过你，也不用平白无故浪费这么长的时间了。"

输得彻头彻尾的，其实是丛静。

游子遇生怕她说出"是"这个字，在她尾音落下的那一刻，提着的心也彻底落下了。

"那你以后好好弥补我。"

丛静看着他的眼睛，语气严肃："游子遇，我容不得感情被玷污，如果你对不起我，我不会回头；如果你没有，我会好好爱你。"

爱情里，丛静是个理想主义者，她渴望一段纯粹的爱情，她愿意为此付出代价。在明知前路有险阻的情况下，她可以和他一起克服，但无法接受他玩弄、欺瞒她的感情。

游子遇吻吻她的额头，将她揽进怀里，很认真地、一字一顿地说："我永远不会，童话里，王子都会和他的王妃幸福美满一辈子的，我们也是。"

他甚至要为此感激。

父爱的缺席，母亲的离世，游家的薄情，导致他内心缺爱。他想抓住丛静，未尝不是想从她这里获取爱。

她说，她愿意回馈，他怎能不好好爱她？

何卉凤出来时，小情侣还黏黏糊糊地抱着，咕哝地说着话，听不清在聊什么。

看到她，丛静推游子遇的胸膛："起来啦。"

帮佣阿姨做了一桌子菜，粽子也煮熟了，满屋子香。有未成年人士在，游子遇又要开车，便没有喝酒。

何卉凤坐主位，赵光韬在丛静、游子遇对面，饭还没吃，就狠狠吃了一顿"狗粮"。

游子遇爱吃海鲜，何卉凤却不知道丛静过敏，准备了几道，游子遇看到后，便将菜换到一边，还解释了一下。

何卉凤："不好意思啊小丛，我不知道，下次你来我就吩咐阿姨不做了。"

赵光韬瞪大眼："我呢？我吃啊！"

丛静说："不用，游子爱吃，我不碰就好了。"

何卉凤笑着："你们还真为对方考虑。"

走前，何卉凤将一个袋子递给游子遇："你媳妇亲手包的，拿着。"

丛静被那两个字闹得脸红，游子遇倒坦然地接过来，又对赵光韬说："我们的关系，你别和同学讲，免得让你丛老师难做。"

在学校里，学生和老师沾亲带故的，难免容易传闲话，惹麻烦。

她一怔，没想到他想到这儿了。

赵光韬不耐烦地说："知道了，知道了。"

车上，游子遇接到他朋友的电话，邀请他和丛静去一个度假山庄玩，就在 C 市城郊。

他问她意见："去吗？"

"去吧。"

他们俩还没单独出去玩过。

朋友："你们带两个晚上的衣物就行了，这边日用品都有，我等你们啊。"

游子遇送丛静回家，她收拾出了个小行李箱，他则随意得多，一个包就解决了。

丛静连打两个喷嚏，游子遇把出风口拨上去，冷气温度调高。

"徐梦宁不去吗？"

她们两个好得跟什么似的，大学就天天一起吃饭、上课。

丛静正要开口，手机响了下，徐梦宁发来一条信息：**玩得开心哦，争取今晚"全垒打"**。[加油]

她怕游子遇看到，忙熄屏，说："她说不当我们的电灯泡。"

地方不远，开车不到一个小时。

他朋友在门口等他们，招呼道："游子，弟妹。"

他让丛静叫他"大周"就行。

大周领着他们，一面走，一面介绍这座度假山庄。

这家叫"周游"的度假山庄是大周的叔叔开的，大周趁着这次假期，要了几个房间，请朋友来玩。山庄建在湖边，背靠山，风景秀丽。山庄内还有诸多设施，比如室内游泳池、温泉。

到了大堂，大周说："我给你们要了间湖景套房。"

游子遇脚步一顿："就一间？"

大周还奇怪："你们两口子还用两间？"

丛静拉了拉游子遇，小声说："不用了，就一间。"

游子遇看了下她，欲言又止，到底没说什么。

大周把房卡递给他们："晚上江边有赛龙舟，开车过去十几分钟，你们感兴趣的话可以过去看看。"

这一栋楼层不高，大周给他们的房间在四楼。

推门进去，正对的是一大幅落地窗，米色的窗帘垂在两侧，视野很开阔，下面就是一片湛蓝的湖水，清晰地倒映着白云、绿树，恰是"水光潋滟晴方好"的美景。

丛静手按在玻璃上，静静地欣赏了一会儿，转头想跟游子遇说话，猝不及防被他吻住。

他吻得急，她的背向后撞，"咚"的一声闷响，却是他的手挡住了。

唇与牙齿相磕，她尝到淡淡的血腥味，不知是谁的。

"唔……"丛静攥着游子遇的手臂，指甲都陷进肉里。他从来没有这么暴力地吻过她。

短短的半分钟里，她几乎窒息。

两个人一面接着吻，一面从客厅转移到卧房，旁边就是一张雪白的双人床。

丛静尚存一丝理智，意识到不对劲时，挣扎着要下来。在男性力量面前，她使的力太过微不足道，迭声叫他："游子，游子……"

游子遇终于松开她的唇，胸膛起伏着，眼角染了点绯红："你知道今晚会发生什么吗，就敢跟我一间房？"

"我们没必要两间啊……啊！"丛静猛地跌到床上，惊呼出声。

游子遇再度压下去，她差点喘不上气。他撑起自己，不过一两拳的距离，他的气息全方位地包围她。

"这样呢？也没必要吗？"他咄咄迫近。

她醒悟过来，他就是在吓她，大白天的，他也不会做什么。

"游子，别闹。"

游子遇泄气，翻了个身，和她并排躺在床上，胸膛起伏着。

丛静想坐起，被他按回去："再陪我躺一会儿。"他们手拉手地躺着，手心濡湿，尽是汗，很有默契地，不置一词。

过了好一阵，不稳的气息才平复下来。

游子遇问："去山庄里转转吗？"

丛静沉默了下，应道："好。"

他们下楼，在湖边走着。环境的原因，太阳虽晒，气温却不算高。走了一大圈，丛静出了一身汗，还好游子遇带了水，他拧开瓶盖喂她。

前方人突然多了起来，原来是有索道可以到山顶。

游子遇问她："快到傍晚了，去山上看日落？"

丛静还是一个"好"。

她陷在不久前的吻里，没抽回神。差一点，就差一点，她都没做好准备。

他们到售票点买票，排队上索道。

索道设备很简陋，类似于一个座椅，仅够两人乘坐，就靠一根横杆拦着，一不小心，人就会栽下去。所幸，索道离地并不高，带来的恐惧感也要小一些。

每个座椅之间相隔数米，行进速度缓慢。

丛静很想拍照，可又怕手机掉下去，还是作罢。

经过支撑架时，会整个颠一下，吓得丛静紧紧抱住游子遇的胳膊："你说，要是我摔下去怎么办？"

"那我陪你，是死是残，我们一起。"

他偏头，定定地看着她，眼底没有风景，满满的都是她。

丛静意会，仰起脸，柔柔地贴上他的唇。他含住她时，她想，是不是每个热恋中的情侣，都恨不得两张嘴长在一起。

半个小时左右，抵达山顶。

这是一座很普通的山峰，既不雄伟，也没有名胜古迹，只是借着山庄的东风，也发展起来。

人很多，仅有的坐的地方被占满了，他们到围栏边站着，等待日落。

旁边还有好几对情侣像他们这样搂抱、自拍，丛静叫游子遇，他低头看她，听她说："我们拍张照吗？"

游子遇按照丛静的指挥，手臂抬到一个合适的角度，镜头对准他们。

丛静万年不变剪刀手、浅笑，按下快门的前一秒，游子遇侧过脸，亲她的脸颊。

太阳落下去了。

天空一半变成靛蓝色，一半被夕阳染红，几缕云线蔓延，远方的山峰轮廓或浓或淡，虚化成一道道水墨影。

在一阵接一阵的惊呼声中，地平线那一轮赤日，慢慢地沉下去，直至只剩破云射出的光芒。

游子遇问丛静："丛静，我是谁？"

她不解，仍是老实回答："游子遇。"她又补充，"也是丛静的男朋友。"

他笑了下。

被他拥在怀里，她只听见其声，他低低地说，让他的声线丝丝缕缕地入她耳，入她心："我是丛静至上主义者。"

太阳彻底沉入地平线下，最后一丝光芒也被吞没，天空蓝得发黑。

他们最终没有去看赛龙舟，从原路返回。

入夜了，风也渐凉，浑身的热意褪去几分，游子遇牵着丛静的手，从侧下方的角度看，他神情放松，五官精致立体。

丛静看得心迷神驰，难怪，人总是被皮囊所惑。

"抓到了。"游子遇似笑非笑地看着她，"偷看我。"

他说的"我是丛静至上主义者"言犹在耳。

朱生豪最出名的，除了翻译莎士比亚的作品，或许就是他给宋清如写的情诗。丛静学生时代，深深为之着迷，怎么也想不到，有个男人也这么对她说。

丛静说："看你怎么了，要罚款吗？"

他搂她，说："不罚款，罚什么，你今晚就知道了。"

两个人靠得这么紧密，风都无法从间隙中穿过，心跳声离得很近。

月亮升起来了，远远地悬挂，弯弯一轮。

她想起一句从网上看来的诗——

"我们只是手牵手，侧耳倾听寂静世间深藏的心，看时间慢慢流逝。"

他们在楼下餐厅吃过晚饭，才上楼。

丛静打开箱子，把她那些瓶瓶罐罐摆出来，一趟接一趟的。

游子遇随手拿起来看，说："难怪你这么多东西。"

丛静收拾完，又开始到浴室卸妆，她今天化的淡妆，在棉片上倒了点卸妆水，擦着眼皮。

他倚着门框，双臂环抱，看她："你要是反悔，我还来得及再要一间房。"

镜中的她，一点点卸去妆容，露出原本素淡的模样。

丛静弯腰掬起一捧温水冲脸："追我的是你，怎么退缩的也是你？"

游子遇笑了："听你这意思，是准备好了？"

她最后用干净的毛巾吸走脸上的水，整个人都舒爽了："我没准备好，你就不要吗？"

"当然以你的意愿为重。"

就算他再想，她不乐意，他也不能强迫她。交往这么久，除了拥抱、亲吻，他强忍着不去碰她的其他地方。

游子遇看着不着调、不靠谱，但他又很能拎得清。

对他这种人，只有想不想，没有能不能。他有一个好母亲、好小姨，教他尊重女性。

也许，丛静从头到尾都没有反感他的原因，也是在于他有分寸。

一边保持适当的距离，一边紧迫地靠近你，狠狠地拿捏。

到最后，已经辨不明，到底是谁被对方吃死。就看丛静吧，如果他提要求，她哪里拒绝得了？

丛静避开他的眼睛，去拿换洗衣服："我先去洗澡了。"

浴室里淅沥的水声响起。

磨砂玻璃隔着，水雾弥漫，只映着一个隐约的，女人的身体。

越模糊，越扣人心弦。

被留在原地的游子遇，怎么静得下心？四维空间里，时间像是任人搓圆压扁，无限拉长，格外难熬。

心像被小火灼着，一点点升温，烤得水分蒸发，越发干燥。

不知过了多久，丛静出来了。

她穿着浴袍，乌发还在往下滴水，衬得脸又小又白。

她那么俏生生地站着，仿佛一只汁水充沛、香气宜人的水蜜桃，惹得人忍不住去摘撷。

"你去洗吧。"她擦着头发，对他说。

浴室里弥漫着满室的水汽和香气。

丛静用过的几样瓶罐，和酒店自带的沐浴露、洗发乳，一块搁在架子上。

游子遇一个大男人，洗澡没那么精细，将头发打湿，搓两把就够了，加之他确实心急，几分钟就洗漱完了。

丛静刚吹干头发，有几根落在浴袍上，她伸手拈掉，那动作似拈花吹雪。

吹风机的线还没拔掉，她说："吹一下吧，免得着凉。"

游子遇猛地甩了几下脑袋，水珠溅到丛静的脸上，她揩去，笑骂："幼不幼稚啊你？"

他勾过她的腰，另一手压在她的后颈，温热的皮肤这么相贴，两人想到接下来会发生的事，都不禁微微战栗。

"亲吗？"

丛静不过是面上掩饰得好，心里是紧张的，听岔成"做吗"。

她"嗯"了声，尾音带着一丝不自知的颤抖。

游子遇没急着亲她，而是把她抱起来，放到床上，两手撑在她身侧。

丛静抓着他的衣襟，眼睛湿漉漉的，好似盈着泪花。

他这才低下头，从她耳后的位置开始亲，一点点地挪着，厮磨着，他是故意吊她胃口。

她的呼吸急促起来，轻声叫他："游子……"

想催，又怕显得太急。心急吃不了热豆腐。

那个吻终于落到她的唇上，却是一触即离，吊得她上不去，下不来。他直起身，脱掉浴袍。

游子遇这才正式吻她。

被吻得晕晕乎乎时，丛静想，既然要脱，为什么要多此一举地穿上？

"我帮你脱？"他压着音，试图以此诱惑她。

丛静确实是上钩了。或者说，最高明的猎人，往往以猎物的姿态出现。因为游子遇在看到她浴袍下的风景时，着实愣了。

她穿一件很薄的黑色丝绸吊带睡裙，蕾丝做点缀装饰勾勒出优美的弧线。

她身上该有肉的地方，一点不少，只是骨架小，平时穿的衣服宽松，无人得以窥见。

"好看吗？"

丛静歪过头，朝他笑，梨涡盛着最烈的酒，最毒的药，杀人不见血。

游子遇用行动告诉她，好看得要他的命。

他偏瘦，身上只有薄薄的肌肉，是健康的肤色，可一旦拥着丛静，就有明显的对比。

从体型，到肤色。

睡裙是她特意带来的，在落地之前，被游子遇一顿蹂躏，要不是丛静及时制止，就要毁在他手上。

游子遇伸长手臂，如愿从床头柜摸到他需要的："你来。"

空调分明尽职地运作着，却那么热，那么热。

吐出的每一道呼吸，灼热得要烫伤人。

游子遇莫名想起，她第一次上他的车的情形。

丛静兼职，他去找她，点一杯咖啡，枯坐一个下午。

她不赶他，店不是她开的，她没权利；也不迎他，把他当一个普通顾客对待。

雨不记得从几点开始下的，店里的客人都变少了，丛静坐在吧台后看书学习，偶尔抬头看一眼店外，忧愁地皱起眉头。

这场秋雨没有歇下来的征兆。

游子遇知道，机会来了。

丛静没有带伞，雨又大，车也打不到，她站在路边发愁。

游子遇及时开车出现，降下车窗，叫她："上来吧，我送你回学校。"

她踌躇片刻，走到雨幕下，拉开副驾的门，他抽几张纸巾，给她擦淋湿的地方。

丛静沉静地说："今天谢谢你了。"

那时的她，和这时的她，全然不似同一人。

她迷蒙地看着他，似期待，似邀请。

游子遇忽然起了强烈的心思，脑海中，喧嚣的声音在喊：要她，将她融入自己的骨血。

这样，她就没办法说出疏远他的话。

两个人的呼吸都加重了，伴随着丛静的惊喘，他们彻底不分彼此。

"丛静，静静……好了吗？"

发上的，不知是汗，还是水，滴到他额头上，为他那张俊朗的脸，更添几分迷人——迷的谁，自然是丛静。

此时他叫她的名字，都要喑哑一些。

游子遇的眼底，布满暗色的欲，丛静目光触到，都为之一震。

丛静听得出来，他也在极力忍耐，应着："嗯……"

游子遇很温柔，但他也是莽撞的，不得章法的。

她的魂飘远了。

她尝试回忆别的事，以此转移注意力，无果，脑中一片空白，所有的情绪都任他涂抹。

谁是猎手，谁是猎物。在这场你死我活的狩猎中，没有一方是赢家。两败俱伤，浑身狼狈。

从那天再次见到他起，很多东西，就已不再受她的控制。

她作为语文老师，却寻不到一个清晰的脉络，事情如何发展到今天这个地步的。

"在想什么？"游子遇托着她的头，声音低沉。

"想你……"丛静眼睛失神，聚不了焦。

"我就在这里，想我什么？"他低低地，用声音召回她的心魂，

"看我，丛静，看我。

"这才是惩罚，知道吗？"

不仅身体，游子遇强势地，要她的眼里、心里，也都是他。

她依言，勉力看他，汗水滑下来，盐水刺得分泌出眼泪。

灯光下的他，有些虚化，远远近近，仿佛不属于她，随时就会离开。

她忽地觉得心慌、害怕，极没安全感，带着哭腔说："游子，抱我一下。"

游子遇俯下去抱她，哄着："不怕，不怕，是我。"

他以为她想到以前的事。

她不安的心，这才定下来，像海上的孤舟终于靠岸，漂泊的游人终于归家。

这一回，两人食髓知味。

第七章

我们是分也分不开的关系

LUTING
SHANHUHAIXIAODESINIAN

丛静的脊背光滑，胜过丝绸，游子遇由上而下地抚摸着。

她闭着眼睛，身体很疲惫，连手指都懒得动弹，于是任由他安慰似的抚摸。

游子遇从未觉得身心这么轻快、灵魂这么充盈过。其实，他很想抽根烟，但他没带，她也不喜。

想起重逢那天，她说的我们现在又没什么关系，他勾住她的下巴，说："我们现在有关系了。"

丛静莫名其妙。

他亲她的唇："分也分不开的关系。"

她知道了，他就是在兴奋地胡言乱语，以及，男女间的绝对力量差异。他怎么都不累的？

她已经不记得，他们今晚接过多少个吻了，唇瓣被他吻得又红又肿，他还乐此不疲。接吻产生的多巴胺，已经冲昏他的头脑了。

丛静把脸埋在他肩窝，不让他再亲。

游子遇想到什么："你身上有痕迹，明天就不去游泳了吧？"

"……"

他又问："衣服是为我准备的？"

"不然为谁？"

他笑得胸膛都在震动："你好爱我。"

丛静不理他，他权当她默认了，说："丛静，我好爱你。"

虽然，男人在床上说的话不一定可信，可激情退去，她觉得还是得回应他，于是说："游子，我也爱你。"

那首诗的接下来是什么来着？

"微微出汗的脸上满是安宁，准备好接纳一切一切，人的感情。"

在这个蝉声始鸣，湖风清凉的初夏夜晚，他们接受彼此的爱意，将内心填满。

接下来的两天，丛静和游子遇在山庄闲适地度着假。

湖边可以垂钓，游子遇没兴趣，还不许她去公共泳池游泳。

丛静适当迁就一下他的占有欲，选择做 SPA、汗蒸，上班久坐导致的肌肉僵硬，也得到了缓解。

第二天下午，山庄还举办了一个 Party，在草坪上喝酒、跳舞、唱歌。

短短的几天假期，这里却聚集了许多人，有老有小，好不热闹。阳光、音乐、冰汽水，组成一个欢乐的初夏。

还有个女生拿着相机在拍照，她问丛静和游子遇，有一张他们入镜的照片，能不能发到网上。

他们得知，她喜欢随身带着相机，随时记录一些陌生情侣的日常，发到微博、豆瓣等平台上，不做任何商业用途。

他们同意了，不过游子遇找女生要原图，她欣然发过来。

同他们告别时，女生笑着对丛静说："你男朋友很爱你哦，祝你们幸福。"

丛静看了眼游子遇。

"爱"这个字，她最近听了很多遍，说了很多遍，以前觉得是个很抽象、虚幻的概念，因为他，似乎越来越具体了。

第三天上午临走时，游子遇还很惋惜：要把丛静还给徐梦宁了。

听他碎碎念，她不予理会，放倒座椅，开始补觉。

车开到住的楼下，丛静将将醒过来。

游子遇不舍得放她走，拉着她的手，说些无用的废话。

又想到赵光韬说的，怕她嫌自己太黏人，他说："你快上去吧，今天好好休息，明天还要上班。"

游子遇拎起她的行李箱，把她送进电梯。

门合上的一瞬间，丛静替他觉得遗憾。酒吧那晚后，她在网上下单了两套衣服，一套睡裙，还有一身是比基尼，她都带来了，想突破自己，结果他没看到。

六月下旬的一天，曲敏告诉丛静，暑假有为期二十多天的教学研修，学校将指派几个年轻老师去。

丛静问："去哪儿？"

"不知道，反正是外地，全省很多老师都要去。"曲敏说，"跟高考似的，天天上课，还要做笔记、考试。"

具体是谁去，学校还没下发明确通知，丛静也就没放在心上。

全校这么多老师，也不一定轮得上她。

临下班，天边炸起一道响雷，整栋楼都隐隐在颤动，学生的惊叫声远远地传来，丛静也吓得往窗外看。

接着，又是一道接一道的闪电，光芒照亮半幅天空，瓢泼大雨就这么落下来，震天撼地。

这是今年夏天第一场暴雨。

丛静开始发愁，是等雨停，还是冒雨打车。

这时，徐梦宁打电话来："静静，我今天晚上要出差。"

"啊？怎么这么突然？"

"上司紧急通知我的，去四天三晚，要不你去游子遇那边住吧。"

尾随那件事发生很久之后，徐梦宁才知道，她心疼得要死，眼下，她也不放心留丛静这几天一个人在家。

即便小区附近的治安不错，即便丛静已经是二十三岁的社会人士，但在这个社会，不知道什么时候会出现意外、变态，能多一分保障，也是好的。

"没事，你不用担心我。"

"我已经跟他说了，他刚刚才回我，现在应该去接你了。"

徐梦宁是出于关心，丛静便没再多说："你出差注意安全，保护好自己。"

哪方面的安全，两人心知肚明。徐梦宁的上司是个三十多岁、有家庭的男人，人看着老实，可单独出去，总要提防着点。

"还有另外一个女同事，我们俩互相照应，放心吧。"

挂断徐梦宁的电话，游子遇的通话刚好进来："我到你们学校门口了，你带伞了吗？"

"带了，我现在出来。"

雨还是很大，噼里啪啦地击打着伞面。

就这么一会儿工夫，地势低洼处就积起了水，丛静小心避开那些地方，裤腿还是被溅湿。

看到游子遇的车，她飞快上了车，收起伞，关门，身上难免湿了不少地方。他帮她擦："这么大的雨，你可以晚点的。"

"怕你等太久。"

闻言，游子遇心念一动，吻吻她的唇角，她可真是他的宝贝。

游子遇送丛静回家收拾衣物。

她用冰箱里仅有的食材，简单做了两菜一汤，他十分给面子地吃完了。

何卉媛攒了多年的私房钱，买下游子遇现在住的这套精装房，地段不太好，但胜在楼盘新、面积大。

她的自杀是有预兆的，她瞒着丈夫，为她唯一的儿子，留下了那么多。

想到这一切，游子遇更恨游立林和何承远。

丛静打量着房子，略意外："没想到还挺干净的。"

游子遇说："钟点工打扫过。"

他帮她把行李箱拎到主卧，她抿抿唇，抬脚跟上去。

装修是黑白灰的极简风，没什么多余的装饰物，丛静的目光被床头柜上的相框吸引，是他们在山上的合照。

温暖的色调与房间格格不入。

游子遇想到什么："你先洗澡，我出去一趟。"

丛静洗完澡出来，发现有个来自母亲的未接来电，她回拨过去。

"喂，妈，我刚刚洗澡没听见。"

母亲问："你快放假了吧，什么时候回来？"

"还不知道，过几天才期末考试，"丛静想了想，"可能，我是说可能啊，到时候我要带个人给你们见见。"

"男朋友啊？"母亲一下子兴奋起来，"你什么时候交的？"

丛静垂着眼帘，手指无意识地抠着手机壳："也没很久……我得问问他的意见，先跟你说一声。"

"你第一次谈恋爱，可要好好考察他的人品，其他倒是其次。"

"他人很好，你放心吧。"

"那就好，你们买什么时候的票，提前告诉我一声，我好做准备。"

"好。"

过了好一会儿，游子遇才回来，手里提着两大袋子东西，塑料袋上印着超市 logo。

丛静问："买的什么？"

"家里没什么吃的，就买了点。"

丛静看了下里面的东西，除了饮料、零食、食材，还有三四盒……计生用品。

她顿时无语，这才是他的主要目的吧。

游子遇进浴室后，她扬声问："游子，Wi-Fi 密码是多少？"

"你生日，年月日。"

两人既已发生关系，丛静也不忸怩，爬到他床上，靠着床头看电影。

游子遇带着一身热气凑近，扫了眼平板屏幕，一手抽走："看别的男人的屁股还不如看我的。"

"什么别的男人……唔。"

后来，丛静看完那部电影，才知道游子遇说的是谁。

她没想到，一部由严肃文学改编的电影，尺度那么大。当然，他们在床上的尺度也不小。

她也没想到，那天晚上，他在她耳边说："我们是爱人，我们不能停止相爱。"

游子遇从来不惮于表露他的爱，他这么说情话，也是不掩盖想索取丛静的爱的野心。

"爱人"，丛静父亲向别人介绍母亲时，就这么称呼她——他的爱人。在她的观念里，这是一个高于"妻子""女朋友"的，极为亲密的词。

他把电影里的台词改成这样，狠狠地击中丛静的心。那一刻，也许他们的灵魂在同一振幅，同时嗡鸣着。

游子遇早上醒来，看到丛静穿着他的白T恤，在厨房穿梭忙活。

他走过去，长臂架在她肩上，就这么搂着她，低头亲她的脸："我女朋友真贤惠。"

丛静拍了他一下："你这厨房是摆设吗？好多东西都没有。"

只通了煤气，连锅都是新的。

"我又不做饭。"他倒理直气壮，"你今天下班，我们一起去超市买吧。"

"好。"丛静挣了下，"你先把我松开，我做饭了。"

游子遇哪里会听，勾起她的下巴，和她接了个湿漉漉的、充满薄荷味的早安吻。

下午，游子遇来接丛静下班。

曲敏调笑丛静说："有男朋友之后，下班都积极了，瞧瞧这红润的脸蛋。"

她闹了个大脸红，匆匆忙忙捡拾完零碎物品，走出办公室。

很多同事都知道丛静恋爱了，对象还是个帅哥，除了曲敏他们，却没人见过其庐山真面目。

有个老师对丛静喊："小丛，太小气了吧，男朋友天天接送你下班，怎么都不让我们瞧瞧啊？"

路过的初一（8）班学生听到，过来凑热闹："丛老师，你谈恋爱啦？"

这么一嚷嚷，一溜学生全听到了，堵着她，不让她走。

有个学生说："上次我看到丛老师的手机，有人给她发了个'亲亲'，她还说是闺蜜，我就知道！"

他们嗷嗷叫起来。

一群十几岁的小屁孩，正处于对"恋爱"又好奇又向往的年纪，围着丛静问东问西。

丛静又好笑又无奈，就是料到这种局面，她才隐瞒。

也是她对他们太好了，换作严厉的严老师，他们就不敢开玩笑。

八班班长喊他们："已经打铃了，别闹丛老师了，快回来！"

最后一节课是自习，由班干部管理班级纪律。班长背后站着赵光韬，教室里开了空调，赵光韬校服外套敞着，两手插兜，丛静莫名觉得，他那样子，和初时的游子遇有点像。

赵光韬说："再不进教室，要被记名字了啊。"

他是来给丛静解围的。

几个人受到如此威胁，夹着尾巴溜回教室。

丛静终于得以下楼，松了口气。

那个叫她的女老师和她一道下楼，笑着说："虽说童言无忌吧，但在学生面前，不能暴露一点隐私，指不定他们私底下怎么编派。"

"说的是。"丛静附和道，"他们还没形成完整的是非观，容易歪心思，说话也不会顾忌那么多。"

"你跟他们关系也真好，他们天天丛老师长、丛老师短的。"

"时间长了，就熟了嘛。"

刚开始，以赵光韬为典型的男生，还公然造她的反呢。

同事又问："你男朋友在哪儿呢？"

丛静说："他的车进不来，在校门口等呢。"

同事感叹说："你这么年轻漂亮，我们学校好多单身男老师对你有想法呢，这么快就'花落他家'了。"

"你就别取笑我了，哪有的事。"

同事微微瞪大眼："你不知道吗？你们办公室不就有个沈铭信吗？"

"我们现在就是普通同事。"

而且，上个星期，沈铭信接受家里的相亲，目前在试着相处了。

他对她，已经是完全的过去式了。

"丛老师，从小到大，应该有很多人追你吧？"

丛静摇头，正儿八经的，就只有游子遇。中学时代，有男生暗戳戳地表露心迹，但那也算不得什么。而且，她也不觉得自己长得漂亮，顶多算"清秀"一类。

这么聊着，就到了校门。

游子遇的车停在老位置，但他人蹲在路边，拿着玩具，逗着一个小孩儿。

余光瞟到丛静，他站起来，那孩子就显得格外幼小。他扯着游子遇的裤腿，奶声奶气地喊"哥哥"。

同事冲丛静挤眉弄眼，小声说："你们俩还蛮有夫妻相的哎。"

丛静听说过一个理论，大意是，夫妻长期生活在一起，会越来越像。可他们才在一起不到两个月。

游子遇牵起丛静的手，对同事礼貌颔首，带她上车。

丛静问："你喜欢小孩子啊？"

"看着可爱，逗逗玩罢了。"

这回答很"游子遇"。

她没见他对什么东西着迷过，打游戏也是随时能够抽离。她该明白，他所有的执念都花在她身上了。

他们到上次那个商场，里面有一家大型百货超市。

游子遇推着购物车，丛静每拿起一样东西问家里有没有，他就说不知道。这种事情不能指望他，她自己看着办了。

超市，其实是个充满人情味、烟火气的地方。

一蔬一饭，才是人最基本的生活。无论什么人，都一样。

在货架上认真挑选商品的丛静，和平时没有不同，可又让他有一种异样的感觉。

——他们是一家人。

结账时，游子遇看着满满一车的东西，说："你要是回去了，这些东西我都用不着。"

"你闲的时候，自己做点呗。你都从家里出来了，还想让人服侍你呀？"

"你搬过来，我服侍你。"

丛静揶揄："就你？"

他附耳，不轻不重、不疾不徐地说："我哪里让你不满意了吗？是技术还是……"

"噗！"

来自排在他们后面的一对情侣。

女生忙说："不好意思，不好意思。"

丛静涨红了脸，掐游子遇的腰肉，无声警告他别乱说话。

袋子归游子遇提，他腿长，步子迈得大，丛静低头看手机的工夫，拉开好几米的距离。

他意识到她没跟上来，停在原地等她。

她小跑过去，要不是他手没空，他一定要拥住她。

太可爱了。

她说："梦宁刚刚说，他们得多留两天。"

"哦。"他心里想的是，她不回来也可以的。

晚上是丛静做饭，游子遇请缨给她打下手，其实也就是端盘子递碗。

她起了玩心，拿腔拿调地叫他："小游子。"

"哎，"他配合着，狗腿得很，"娘娘有何贵干？"

"把青菜择了，洗干净，没问题吧？"

"嘛。"

丛静笑死了，说："要是这种程度的服侍的话，我可以考虑考虑。"

"真的？"游子遇眼睛一亮，生怕她反悔的样子，"那这两天帮你把东西都搬过来？"

"我只说考虑，没答应。"

她前二十三年人生，循规蹈矩，就连青春期也没给父母惹什么麻烦，婚前同居？她以前从未想过，自己会这么胆大。

徐梦宁也在她考虑的因素之内。她搬走了，徐梦宁怎么办？她们之前还约定，如若三十岁还找不到好男人，她们就自己一起过自己的小日子。

丛静感觉像"渣"了她。

丛静做了两菜一汤一凉菜，饭后他们一起散步消食，回到家，他们处理各自的工作。

有时，丛静直白地问他："我好看吗？"

他的手指一点点从她的眉心，划过鼻峰、人中、唇峰，从缝隙探进去一小截，指端触到她的牙齿。

她抿唇，含住。

他眼神深情，如巨大的网，将她笼罩得密不透风。他说："好看。"

看到他眼中的迷恋，丛静想，算了，何必纠结这个问题，他爱她不就够了。

这样的生活，也促进他们感情升温，具体表现在，游子遇更喜欢黏丛静了，每天说"爱你""喜欢你"，也不嫌腻得慌。

每天早上醒来，丛静就在洗漱化妆，往来穿梭。入睡前，搂着她，将她整个嵌在怀里，他别提多满足了。

这一周，他们的日子平淡安稳地过去，直到徐梦宁出差结束。

游子遇尝试跟丛静打商量："要不，你一三五住那儿，二四六来我这儿？"

她怎么想，怎么觉得别扭："亏你想得出来，你们俩分割抚养权呢？"

他抱着她，像只拉布拉多犬一样地蹭："我舍不得你。"

一个是热恋期的男朋友，一个是多年的闺蜜，丛静两边都割舍不下，但她还是打包回去了。

游子遇怨气盈天。

然而，他没来得及耍赖，丛静就要走了。

期末考试结束，学生领了成绩单、暑假作业，正式放暑假。

丛静接到学校通知，她将同两个新入职的教师，一同前往A市参加教研培训，住宿、培训，都由学校承担。

为期二十一天，整整三个星期，中间没有假。

临行前一晚，徐梦宁帮丛静收拾行李："你要去这么久，游子遇没闹吗？"

丛静想起来就好笑："怎么没闹，他还说要陪我去。"

"要不是听你说，真看不出来，他是会耍小孩子脾气的人。"

"他也就是做做样子罢了，让我在意他的感受。"丛静心知肚明，"而且，他去的话，他小姨能骂死他。"

后面这话，还是游子遇自己说的。

徐梦宁感慨说："你们像第二次谈恋爱似的，太熟悉对方了，感觉没有磨合期，直接进入热恋状态了。"

"可能那一年就是磨合期吧。"

从陌生，到了解对方脾性，都在那一年里完成了。

网上不是都说，年少时不能遇见太惊艳的人吗，丛静在刚入大学就遇到他，那以后，也没再见过比他好的人。

而这一年，她对他了解愈深，她知道他背后灰暗的世界，那也只会让她更心疼更爱他。

第二天一大清早，丛静准备出发去高铁站。

没想到，游子遇已经在楼下等她了。

"不是让你别送了吗？"她看到他眼下的黑眼圈，他昨晚还在加班。

"就这最后一面，你还不让我送？"他语带委屈，"等送完你，我再回去补觉。"

"疲劳驾驶不可取啊游乐王子。"

她有一阵子没这么叫他了，游子遇吻吻她的唇："我知道，我叫了代驾。"

丛静也很舍不得他，没再纠结送她的问题。

车上，他们坐在后座，游子遇将她抱在腿上，圈着她的腰，脸压在她肩膀上，呼吸均匀。

丛静以为他睡着了，一下一下地抚着他的后颈、后背。

他忽然说："丛静，到 A 市，记得想我。"

她答应下来："好。"

"不许跟别的男老师多来往。"

"好。"

他声音闷闷的："我爱你。"

二十一天，在他们分开的两年多面前，不值一提，可他却觉得，格外难忍。

"游子，"丛静胸口和他紧密相贴，两人的心跳声混为一道，"很快的。"

她也想尽快结束，回来安抚这个黏人精。

这次教研活动，汇聚了多市多校的老师，按照学科分组，丛静是语文组，和一个叫文婧的女老师同一个房间。

除了名字有缘分，她们还都是 Z 市人。

文婧只比丛静大三岁，她是个很酷的女孩，一米七的身高，说话做事风风火火，和丛静完全不一样。

两个女孩聊得挺投机。

晚上，丛静简单地涂过面霜，爬上床给游子遇拨视频。

他很快接了。

"你安顿好了吗？"

"嗯，今天熟悉了一下环境，明天正式开始。"

"唉，怎么才一天过去，我就已经想你了。"

"之前我们也不是天天见面。"丛静拿过枕头，垫着下巴，手指点着屏幕上他的脸，"记得好好吃饭哦。"

他上学时，几乎不吃早饭，也亏他年轻，身体底子好，没作坏。

游子遇说："知道啦，丛老师。"

他看到她后面一晃而过的人影，要是他多看一点恐怖片，已经能脑补下去了。

"你不是一个人住？"

"嗯，这里住宿条件一般，一个房间两个人，这行军床动一下嘎吱响，我生怕它塌了。"

"你骨架小，别猛地蹦跶，应该不会。"

丛静戴着耳机，文婧只能听到她的声音，黏糊糊的小女生状态。

文婧洗完澡，丛静已经挂了，她随口问："男朋友啊？"

"嗯。"丛静坐起来，"我打视频会吵到你吗？"

以前常看人在网上吐槽，说室友和对象一打起电话，就没完没了。这种事情提前问清楚比较好。

"不会啊，"文婧不以为意，"我习惯熬夜了。如果你要早睡的话，我开一盏小灯就行。"

如文婧所说，不知凌晨几点，丛静迷迷糊糊地醒了片刻，她床位那边还有光。

丛静翻了个身，床响了两声，文婧把亮度调低。丛静嘟囔了声"早点睡"，继续沉沉地睡去，她恍惚以为那是徐梦宁。

第二天是七点的闹钟，丛静摁掉，起床换衣服、洗漱。

文婧顶着一头乱发下床，说："你好自律啊，早睡早起，一点都不赖床。"

丛静笑笑："习惯了。"

一连几日，丛静都是这样，文婧真佩服她。

白天上课、听专家讲座，晚上写作业——这个作业，和学生的自然不一样，又难又多，大家每天抓耳挠腮的。

丛静晚上也只有一点点时间和游子遇聊天。

她感觉比上班还费脑。

游子遇心疼她，也不缠她，在她打哈欠时，就主动收线。

一周只有周日一天休息，周六晚上，文婧叫丛静出去吃夜宵。规律的生活，偶尔也要顺着人性，放纵一下，丛静答应了。

走出基地，丛静想起要跟游子遇说晚点再视频，便掏出手机。

"静静。"

文婧下意识看去，只见一个陌生男人走来，她皱眉问："你是谁啊？"

丛静电话刚拨出去，就被对面摁断，她慢半拍地抬头，惊喜地说："游子，你怎么来了？"

文婧反应过来，是丛静的男朋友来找她了。

这下有点尴尬了。

文婧摸了摸鼻子，正要道歉，旁边的人儿已经飞扑过去，男人顺着丛静的劲，将她托抱起来，说："来看你。"

这样树袋熊似的抱姿，在家里他们经常做，但这是在外面。

丛静说："松开啦。"

她一刺溜滑下来，介绍说："我男朋友，游子遇；我室友，文婧。"

文婧说："我是女青婧，刚刚听岔了，冒犯了，不好意思啊。"

游子遇："你好，你们出去是……"

文婧落落大方说："吃夜宵，一起吗？"

"好啊，我请客吧，承蒙你多照顾丛静。"

游子遇就揽着丛静，三人一起去夜市。几天不见，哪怕有外人在，两个人还是交头接耳地聊着。

丛静靠着游子遇，问："你什么时候来的？"

"下班就开车过来了。"

"那你明天又要开车回去，不辛苦吗？"

"没事，"游子遇单手拉开啤酒易拉罐的环，气泡嗞嗞地冒，"能见到你就好。"

烧烤和菜一样一样端上来，文婧摩拳擦掌，说："那我就不客气咯？"

游子遇说："你随意，不用客气。"

文婧一口酒，一口肉，完了还感叹一声"爽"，如男人一样豪迈。

丛静说："你酒量这么好呀？"

"我爸以前当兵的，我从小就被他喂酒，"转眼间，一罐酒、一把烤肉就没了，"丛静，我要是男的，我也喜欢你这种。"

丛静看了眼游子遇："怎么说？"

"你长得让人很有保护欲、征服欲啊，想把你捧在手心里宠，但你又很独立。矛盾的美感。"

这几天，丛静为节省时间，没有刻意打扮，只管舒适。

语文组的男老师很少，单身的更少，但不妨碍大家多看她几眼。

不是那种一眼惊艳的大美人，而是越看越舒服，越看越忍不住看的类型，可越看，也越知道，她很难追。

文婧一通分析，游子遇笑了，举杯敬她："英雄所见略同。"

三个人吃得都很饱，游子遇结完账后，冲丛静使眼色。

丛静看懂了，犹豫着怎么开口。

文婧直说："嘻，没事，丛静你尽管去吧，又不是大学了还查寝，我先回去了。"

她背对着他们挥手，头也不回地走了。

游子遇说："你室友挺有意思的。"

酒店，丛静裹着浴巾出来，游子遇百无聊赖地翻酒店里的旅游手册。

他对她招手，她慢吞吞的，他等不及似的，一把将她拉到身前。

受惯性影响，她跌坐到他腿上。

他仰头作势吻她，她闻到他身上的烧烤味，躲过去："先去洗澡。"

"明天你别想下床。"他恶狠狠地。

丛静故意软着嗓音："游子哥哥，我好怕怕哦。"

游子遇捏了下她的鼻头，起身去浴室，出来时，身上不着一缕，很快，丛静和他落得同一境地。

不知闹到凌晨几点，一切才雨停云散。

快到中午，她才将将爬起床，对镜子一照，气得直掐他："你看看你，干的什么好事？"

从耳下，到衣领口，都是他留的痕迹。

"给你盖章。"

"盖你个头，"丛静心死地捂脸，"大夏天的，遮也遮不住。"

吃过午饭，游子遇回 C 市。

丛静问他："你要开几个小时呀？"

"不停的话，三个多小时。"

她心疼地说："你下周别来了，开车来回七个小时也太折腾了，再过两周我就回去了。"

游子遇捧起她的脸："那让我多亲几下。"

叭叭叭的，一个又一个。

丛静回到宿舍，文婧看她走路的姿势，啧啧有声："没想到你还挺猛啊。"

又看到丛静身上的吻痕，文婧说："这叫什么？守一生戒律清规的唐僧，为女儿国国王破了戒，沾了荤。"

丛静脸红，抱起干净的衣服钻入浴室。

对着镜子，她稍稍回忆起细节，越发面红耳赤。

真是，文婧形容得分毫不差。

第二周，游子遇便没来 A 市。

最后一个周末，下午的高铁，文婧上午要补觉，丛静出去逛街，薪水前阵子到账了，她想给游子遇、母亲买点东西。

A 市比 C 市大得多，丛静在网上搜到一条网红商业街，她乘地铁前往。

一出地铁站，扑面而来的热气，让她万分后悔，但还是撑起遮阳伞，硬着头皮走出去。也是天气的缘故，街上人不多，买小吃不用怎么排队。她买了杯冰镇果茶，边走边拍，把图发给游子遇。

游乐王子：你和室友在逛街？

CCCJ：我一个人。

游乐王子：一个人不无聊吗？

CCCJ：没办法呀，跟她们不熟，我室友睡觉呢。你有没有想吃的？

她发了几张照片过去，各类点心糕点，游子遇不理解：哪儿都能买，大老远带回来不麻烦吗？

CCCJ：心意啦！梦宁也有份。

游乐王子：喔，原来不是特地给我带的。

丛静懒得搭理他，每样称了些。

店内有一对年轻夫妻也在挑选，丛静听到女人说："这个不是很甜，多买点吧。"

女人声音软软的，似在撒娇，声线很是好听。

丛静看过去，女人穿着宽松的长裙，小腹明显地隆起，身边，一个高大的男人虚虚地拢着她，姿势小心翼翼的。

他们没注意到丛静的偷听。

男人开口："不行，你要控糖，买一点尝尝味就够了。"

女人叹了口气："可是，不是我想吃，是宝宝想吃。"

男人似乎拿她无奈，"你就知道拿宝宝当挡箭牌。"

"江潮，老公。"女人连声叫他。

男人终于败下阵来，多加了两个："留到明天吃。"

她在他脸上吧嗒亲了一下："谢谢老公。"

排队时，这对夫妻就在丛静前面，他们聊着些柴米油盐的家常话题，丛静却觉得动人。

丛静逛了一上午，买齐东西，手被占满，她站在路边的树荫下叫车。

"小姐，你的东西掉了。"

是她的学员证。

丛静手忙脚乱地想弯腰，有双手替她捡起来："给你放袋子里？"

"可以的，谢谢。"

她发现，正是不久前碰到的那对夫妻。

男人将东西丢入丛静的纸袋里，女人对她笑了笑，男人拉开车门，扶她上车。他们说着什么，丛静没听清。

得成比目何辞死，愿作鸳鸯不羡仙。她脑中浮现出这句诗。

真好。

第八章

我对你山呼海啸的思念

QUTING
SHANHUHAIXIAODESINIAN

中午，丛静和文婧约好，过段时间在 Z 市，再一块吃饭。

而后，再和恒英中学的几位老师，一起打车到高铁站，乘坐高铁返回 C 市。

游子遇原本说，来 A 市接她，丛静说她会晕车，他只好作罢，便要了她的班次，来高铁站接她。

高铁快得多，只需半部电影的时间。

出站口人头密密匝匝，游子遇个儿高，倒是方便丛静找到他。

她和同事说："有人来接我，我先走了。"

他们与丛静不熟，只知道她性格好、长得漂亮、在学校人缘不错，此时见她拖着行李箱，奔向一个年轻帅气的男人——如蝴蝶一样招展着，扑到对方怀里，便知晓她有男朋友了。

男人手里拿着一束紫色满天星，因为拥抱的姿势，他手臂抬起来，免得和她的头发缠住。

两人相拥数秒，才手牵着手，起步离开原地。

丛静人如其名，看着文静、温柔、内敛，没承想，在男朋友面前，有如此外向的一面。

他们慨叹着。

游子遇没急着开车，而是隔着扶手，和丛静接吻。

花捧被他丢到后座。

他摩挲着她的脸，戒指的存在感极强。

他有一下没一下地吮她的唇瓣、舌尖。

这个吻，其实是丛静先开始的。

他替她扣安全带时，她压着他的后颈，闭眼吻上去。

手心里，满是他的热汗，黏糊糊的，和两人此时的心一般无二。

窗外交织的人流，他们已经不在乎了。

半晌，他抵着她的额头，微微喘息，说："要是此时有个小房间就好了。"

"精虫上脑啊你。"丛静啐他。

游子遇低低地笑了声，没了电流的妨碍，听得她心颤不已。

他一点一点，吻着她的脸，到她耳边，吹气般地说："你听见了吗？"

她不解："什么？"

"仔细去听，"他抓着她的手，放到自己胸口，底下是他强劲有力的心跳，"那是我对你山呼海啸的思念。"

如果让丛静整理一本《游子遇情话》，这句话，一定会出现在扉页正中央。

等到他们都年迈了，翻来回忆，最令她心动的，也会是这句。

丛静心潮澎湃着，不知道用怎样的语言、怎样的行动，来回应他的万分之一，只好把他搂得更紧。

让他也感受她的心跳，告诉他，她的心听到了。

他怎么会这么爱她呀？

游子遇送丛静回家，她拉他上楼。

徐梦宁对他的到访见怪不怪，水也不给他倒了，反正他不是普通客人。

丛静把礼物和吃的都拿出来，给徐梦宁的，是一套她喜欢的某动漫的纪念周边，专供线下快闪店的。

"正好看到了，就给你买了。"

徐梦宁抱住丛静，蹭了蹭："呜呜，静静你真好。"

游子遇把丛静拽过来："说话就好好说，别动手动脚。"

徐梦宁不屑地白了他一眼："小气鬼。"

丛静捧着一只小盒子，呈到他面前："给你的，打开看看。"

她这么虔诚的姿势，他都不好意思"嫌弃"礼物小了。

里面的东西，却让他看不懂——一把挂在链子上的银制小钥匙。

丛静拎出她胸口的那条，是一个小锁，链子细一些。她说："这个是可以配套的，独一无二，意思是，你可以随时进入我的世界。"

游子遇俯低头，丛静踮脚帮他戴上。

他拨了拨她的锁，问："没有钥匙，这个锁不能取下来吗？"

"嗯，除非链子断掉。"

"那你这辈子只能和我锁死了。"

"咦，你们好肉麻。"徐梦宁起鸡皮疙瘩了，搓着手臂走了。

游子遇就毫无顾忌地亲丛静。

晚上，丛静叫了外卖送食材和汤底，在家里煮火锅。

就算开着空调，也吃得直冒汗，但又很爽。

徐梦宁往锅里夹丸子，问丛静："静静，你什么时候回 Z 市？"

丛静说："过两天吧。"

游子遇看着丛静，蹙眉："你要回去？"她没告诉他。

丛静："不提我都忘了。我想问你，你要不要和我一起？我跟我妈说过了。"

他被杀了个措手不及，一下蒙了："啊？啊？"

"你要是没空就算了，我大概回去待一周。"

"我有的！"游子遇说，"我就是没反应过来。"

徐梦宁调侃："瞧给孩子高兴的，都傻了。"又说，"你们这一趟回来，不会就领证了吧？"

丛静嗔道："哪有那么快。"

游子遇无缝衔接："可以这么快。"

"……"

徐梦宁乐不可支："这不都锁死了嘛，怎么，还怕有人跟你抢啊？"

游子遇："免得夜长梦多。"

丛静："你家里同意了吗？"

游子遇说："我的婚姻，我自己做主。"

其实不是。

在游家人的眼里，婚姻是谋求利益的一种手段，游立林早就起过介绍合作人的女儿给他的心思，被他拒了。他年纪不大，他们由他玩，将来总归要安排的。

但他现在出来了，和丛静领了证，他们又能奈他何？

只是，没有游家这棵参天大树的庇护，他们的日子不会那么富裕。

游子遇思忖着。

他说的夜长梦多，是游立林他们。

但丛静她们自然以为，他真怕有人抢走她。

丛静看他的神情，知道他动了想法，及时打断说："游子，还早呢，到时再说。"

父亲虽然生病，给家里带来经济负担，但在她看来，父母的婚姻是幸福的，父亲对母亲也很好。因此，她对婚姻并没有畏惧，然而，她也没想过，自己这么早就步入其中。

游子遇握了下她的手，说："好。"

晚上，游子遇要走，但他又舍不得丛静，他从未觉得徐梦宁这般碍眼过。

但徐梦宁没他那么有占有欲，她说："静静，你们俩这么久没见了，小别胜新婚嘛，你去他那边吧。"

丛静还没应话，游子遇抢白道："就是就是，行李也是现成的。"

于是，丛静就连人带行李，被带到游子遇家中。

路上，游子遇还说："等我们结婚了，一定要给徐梦宁这个红娘封一个大红包。"

"……"

丛静这一留，就留到要回 Z 市前一天。

她回家收拾东西，发现徐梦宁一个人过得也挺逍遥快活的。

她恨恨地说："我还担心我太重色轻友，伤你的心，结果是你先抛弃我。"

"哎呀，这不是我大度嘛。游子遇那个小气鬼，要是我霸占你不放，指不定他背后怎么戳我的小人呢。"

"你一个人住可以吗？"

"除了卫生难打扫了点，也没事。你想搬过去的话，我就换套一居室，正好房租也快到期了。"

丛静感动地抱她："谢谢你。"

不过丛静要先回Z市。

她打车到家，母亲开门，还挺惊讶："你不是说要带你男朋友回来吗？"

"他周五晚上来。"她冲厨房里的父亲喊，"爸，我回来了！"

"哎！"父亲围着围裙，手里拿着锅铲就出来了，"让我看看我家的静静胖了还是瘦了。"

丛静笑呵呵的："我没胖，爸你倒是胖了。"

她家条件原本还不错，高中时，父亲生了病，再没去工作，动了几次手术，积蓄用完，家里差点垮了，全靠母亲一人撑起来。

现在，父亲病情稳定下来，只是仍要吃药、检查。

虽然不知道将来如何，但丛静看到他气色变好，已经很满足了。

周五白天，母亲要上班，父亲问丛静她对象喜欢吃什么。

丛静说："爸，你不用搞得太隆重，不然他更紧张。"

"你不是说他家很有钱吗？"

"他以前就知道我的情况的，要是在意这些，我们也不会再一起啦。"她给父亲吃定心丸。

父亲问她："你想好确定是他了？别的没什么，你开心就好，反正有爸爸给你兜底，就是怕你后悔。"

丛静点头："没意外的话，就是他了。"

父亲摸摸她的头，叹了口气："时间过得真快，我的姑娘都开始谈婚论嫁了。"

她亲昵地抱着他："以后赚了钱，还要带你们享福呢。"

路程远，游子遇向何卉凤请了半天假，坐高铁来 Z 市。

何卉凤知道他去见未来老丈人，还买了一堆礼品，让他说是他们家的心意。

临近晚饭时，游子遇站在丛家门口，深呼吸，手抬起来刚要敲，门就开了，露出丛静的小脸。

"这楼道不隔音，早就听到你的脚步声了，进来吧。"

游子遇在玄关换鞋，丛静母亲迎上来："是小游吧？好高的个子呀，欢迎欢迎。"

"阿姨好。"他将东西递过去，"这是给您和叔叔的。"

"你也太破费了。"丛母说，"坐车累了吧？来，进屋坐。"

丛静家很小，但胜在温馨整洁。

丛母招待他吃水果："静静爸爸还在做饭，不知道你喜欢吃什么，就随便做了点，你不要嫌弃。"

"不会不会，我不挑的。"

丛静在一旁看着，简直要笑死了。她第一次见母亲和游子遇这么紧张。

丛母去厨房帮忙，游子遇吐了口闷气，说："阿姨好热情，跟我设想的完全不一样。"

"我妈人很好的，我没见过比她更好的女人，我以前一直想成为她那样的人。"

他替她捋了下碎发："难怪你长得这么好。"

丛静笑着握他的手："我喜欢的人，他们不会刁难，放松点。"

丛母看到小情侣在说悄悄话,对丈夫说:"咱们女儿眼光真好,这个小游生得周正,看静静的眼神哟,啧啧。"

结果丛父愁着脸,说:"静静才二十三呀,刚毕业一年。"

"又没说现在就要结婚,让他们处两年再看看嘛,静静谈着开心不就好了。"

"也是。"

丛母口中的"随便",真落到实处,却是一大桌子。

丛静的父母并非Z市本地人,长期居住于此,口味渐渐与当地趋同。这一顿,为了游子遇,做的是C市菜。

游子遇生在富贵家庭,吃穿用度自是上乘,他再挑食,面对丛静父母,也要吃出一副"喜欢所有菜"的样子。

再者,他和丛静恋爱久了,饮食爱好也越发相似。

游子遇没开车,丛父就开了一瓶二锅头,发现他一连喝了几杯都没反应,便说:"男人是得能喝酒,不然应酬啊、酒席啊,会出丑的。"

"叔叔您说的是。"

"小游,静静从小很懂事,没给我们惹过麻烦,但作为她的爸爸,我还是希望有人能庇护她。你和静静在一起,要保护好她啊。"

游子遇郑重地说:"叔叔,我懂您的感受,我会好好对她的。"

丛父举杯,和游子遇碰了下:"叔叔很欣赏你。"

丛父喝酒上脸,没多久就红成猴子屁股一般了。

丛母嫌他丢人,给他煮醒酒汤,饭后,也给游子遇递了一碗:"喝点,胃会舒服些。"

游子遇尝了一口,皱起眉头。丛静说:"里面有草药,喝不下算了。"

"那不行，丈母娘亲手熬的。"

丛静笑骂他："要不要脸啊？无证就敢上路，也不怕被拘留。"

他凑到她面前，哈的气都带着苦味："把我拘哪儿啊？如果是你心里，我愿意。"

她笑着走开："妈，我帮你洗碗。"

丛父又把游子遇叫过去下围棋，他说棋品如人品，一个人的处事风格、为人道德，都可管中窥豹。

下过几轮，一个喝醉酒，一个不擅下棋，倒能打个平手。

丛父问："是你主动追的静静吗？"

"是，我和她大学就认识了，但她一直拒绝。"

"可从你的棋看，你消极避让，一旦处于劣势，就果断放弃，你怎么又对静静穷追不舍？"

游子遇不料，这都让对方看出来了。

他坦诚道："我的堂兄弟姐妹很多，他们从小进取，可家产就那么大，所以我就让。对我来说，那些可有可无。丛静……我很喜欢她，所以我不让。"

丛静走过来，正好听到这一段。

她端着一碟新切的冰西瓜，坐到游子遇身边。丛父起身说："你们俩聊吧，我回房躺躺。"

丛静拿了瓣西瓜，掰成两小块，说："都说中间这块瓤最甜，但我喜欢平均一点，所以吃起来差别不大。"

游子遇静静地听着。

"我一开始觉得，我们俩各方面太失衡，就会像它一样，甜一块，淡一块。"

他忽然去找丛母，要来一把小刀，将西瓜的皮削掉，切成几块，倒进碗里，捣了几下。

"这样，甜度就一样了。"

丛静笑了，为他们的默契："和我想法一样，将完整的自己剥离出来，中和一下，不就行了？"

丛家只有两间房，游子遇也不能堂而皇之进丛静的闺房，于是，到点便告辞离开。

丛静趿着拖鞋，送游子遇到楼下。

外面蚊子多，围着路灯的灯泡嗡嗡地转着。两人就说了一会儿话，丛静就被咬了几个包。

游子遇："你快上去吧，明天我来找你。"

丛静想了想："我去找你吧，带你在 Z 市逛逛。"

Z 市的夏天湿热，天气多变，到了台风季，时不时下一阵雨，就没那么热了，而冬天也冷不了太久。

初到 C 市时，丛静很不习惯那边的气候，冬天冷得不行。

这个周末，丛静带游子遇逛街、看海、登桥，沿着海岸骑共享单车，吃 Z 市特色小吃。

黏腻带腥味的海风吹拂着，很是惬意。

丛静穿着白色棉质长裙，戴一顶帽檐很大的帽子，风吹乱她的长发，漂亮、自由得像精灵。

游子遇为她拍了很多照片，但发出来的，依旧没出现她的正脸。他圈子里太多乱七八糟的人，他不想让他们看到。

何卉凤在他朋友圈看到，说他乐不思蜀了。

他回复说：马上就要班师回朝了。

周末下午要走时，游子遇问丛静："能不能早点回来？"转念又改口，"算了，你难得回家，多陪陪你爸妈吧。"

丛静说："这么懂事了呀，都不撒泼打滚闹脾气了。"

他没好气地捏她的脸："这不是为了讨好丈母娘老丈人，早日结束长征嘛。"

"这才多久就长征了？"

"不，对我来说，是近四年。"

Z 市没有地铁，游子遇叫的车还没到，丛母为他准备的东西暂且搁在地上，他们不嫌热地搂着。

丛静亲亲他的下巴："等我回去了，就好好陪你。"

他问她："以后你会留在 C 市，还是回 Z 市？"

感情稳定了，自然会提到未来，这是每对情侣都将面对的。

未来目标一致，就携手走下去；若是道不同，那就各走各道，或者某一方妥协。

她靠着他的胸膛，说："没想好。恒英的工资还不错，而且你在卉心，我可能就留在 C 市了吧。"

"你爸妈呢？"

"我也想多陪他们，但是我妈昨天跟我说，不用管他们，由我自己决定。"

游子遇沉默了下，不得不说，丛静的父母真的非常好，一个从和谐幸福的家庭出来的女孩子，也很难长歪。

他觉得，世上是存在某种定律的，他不争不抢，随遇而安，老天就赐丛静给他。

何其幸运。

车来了。

游子遇把东西放入后备厢，最后吻了吻丛静："回 C 市前告诉我，如果太早我不能来接你，你就自己回家。"

反正她知道家门密码。

"好。"

丛静朝他挥挥手，目送车辆开走。就在那一刻，她忽然也觉得，自己心里涌起山呼海啸的思念。

游子遇这人多厉害啊，不知不觉，就冲垮她所筑造的堤坝，任他如洪水般席卷而来。

丛静回到家，母亲在看电视，听到关门声，她回头看了一下女儿："小游走了？"

"嗯。"丛静踢掉鞋，也坐过去。

"你们这两天玩得太嗨了，一下分开，舍不得了吧？"

"才没有，他不来黏我，我还乐得轻松了。"

母亲剥着核桃："你们现在到哪一步了？"

"嗯……也没到哪儿。"丛静支吾着。

母亲笑，一眼识破："你二十几了，妈妈又不是老古板，还能骂你不成？你们做好措施，结婚前不要怀孕，不然会被他家看不起的。"

丛静乖巧地应："知道了。"

母亲剥出一大把核桃仁，分一半给丛静，剩下的拿去给丈夫，回来就被女儿抱住胳膊。

"你还说小游黏人，你这么大个人了，还黏妈妈呀？"

丛静耍赖："就要。"

母亲拍拍她的背，说："不管是父母、朋友，还是子女，都只能陪你走一段路，只有伴侣在你人生中的占比最大。"

丛静感觉，像小时候，听母亲讲睡前故事。

"你看，你上大学后，我身边就只有你爸爸，等你结婚了，你的生活重心也将以他为主。你们要好好经营你们的感情，好好过你们的日子，你只要幸福，也不枉爸妈为你操的心。"

丛静扁扁嘴，快哭了："妈，我还没嫁呢。"

"就随便说说嘛，迟早的事。"

丛静把脸埋在她的肩上："我现在就很幸福，真的。"

丛静还是哭了，母亲温柔地抚着她，把话题转移开，慢慢地，她才擦了擦眼睛坐起来。

"妈妈，我永远爱你们。"

"爸爸妈妈也爱你。"母亲擦拭她眼下的泪痕，故意说，"不要哭鼻子了，丑死了，小心小游嫌弃你。"

"他才不会，他早看过了。"

回想起来，那次痛哭，也是和父母有关。

具体的细节，丛静已经记不清了。

父亲病情突然恶化，母亲没有瞒她，但也安慰她，已经在手术室了，她不用特地赶回来。

丛静失魂落魄地去上课，老师讲的知识点一个字都没听进去。

后来，不知道游子遇怎么来了，知道她心情不好，他就默默地陪着她去吃饭、兼职。

某一刻，她忽然回过神，问他："你不用上课吗？"

他说："翘了。"

丛静扯扯唇，是笑的动作，却没笑的意思："你也不怕挂科。"

游子遇语气毫无所谓："没事，我室友帮忙混过去了。"

"那你跟着我干什么？"

"我追你啊。"他说这话时，没半点遮掩，"你又不是不知道。"

她接不上话，闷闷地低着头。

过了不知多久，丛静才接到母亲的电话，说父亲转到普通病房了。

她当时就崩溃了，仿佛劫后余生，在人来人往的路上，哭得不可自抑。

游子遇吓到了，忙四处寻纸给她擦眼泪，最后在一家便利店买了两包手帕纸。

那是他第一次抱她，在一个不浪漫的时机、不浪漫的氛围下。

他把她搂在怀里，生疏却温柔地抚摸她的后背，听她哽咽着说："我差点就见不到我爸爸了，他要是没救过来，我和我妈怎么办呀？为什么我们家会遭遇这样的事？呜呜呜呜……"

他无从安慰，只是说："没事了，没事了。"

所以，他见过她的狼狈、她的不堪。

所以，他也知道，她父母对她有多重要。

所以，在听到她愿意为他留在 C 市时，他那么高兴。

其实丛静也都懂。

丛静和文婧选在周一的晚上吃了顿饭，第二天上午，文婧邀请丛静去她学校参观。

这所中学丛静以前来过，多年不见，全然变了个样子。

教学楼、操场都翻新了，还新盖了一栋实验楼。

暑假放假，教室里没有学生，倒有不少人在球馆、操场打球，乒哩乓啷的。

文婧去借了副乒乓球拍，问丛静："来两把？"

"好呀。"

文婧一看就是会打的，发球姿势格外标准。

丛静初时没找到手感，接得狼狈不堪，慢慢地，手熟了，文婧又给她喂球，一来一回，也有模有样了。

半个多小时打下来，丛静出了满身汗，文婧买来两瓶矿泉水，两人坐在观众席休息。

文婧的同事同她打招呼："文老师，打哪儿拐来一个漂亮小姑娘呀？"

文婧长腿伸着，手掌撑着地面，身体向后靠，眼尾上挑地看他："人名花有主了。"

丛静一手水瓶，一手球拍，冲他笑了下："你好。"

同事被丛静的梨涡炫到眼睛，目光触到她中指，又在遗憾，打几句哈哈，走了。

文婧才注意到丛静的戒指："之前怎么没看你戴？"

"上课戴不太方便，就一直收着。"

"情侣对戒？"

"嗯。"丛静张着五指，展示给文婧看，她的手指不长，但又细又白，建模一般精致，"自己做的。"

文婧观摩几秒，说："他们说我不找男朋友，是我不喜欢男的，其实我是不信有好男人，宁愿单身到老。但你和游子遇，又让我有点相信爱情了。"

丛静说："爱情没有对错，归根到底，都是人的问题。与其说不相信爱情，倒不如说世上纯粹的东西，本来就少之又少。"

她转着戒指，想到什么，脸上露出温柔的笑意："终其一生，能碰上契合的人，是莫大的缘分。"

"我就说，"文婧笑了，"如果我是男的，我也喜欢你。"

这么美好的女孩子，谁不喜欢？

文婧又问："想他了？"

丛静诚实道："有点。"

"结婚了，记得给我发请帖，我一定到场。如果新郎不是他，那就算了，免得又给我一次现实的打击。"

丛静笑出声，觉得文婧就是那种 CP 粉的心态："好。"

丛静订了周三早上的票回 C 市，在家还没住满一周。

母亲调笑她女生外向，还没嫁出去，就这么向着他。

丛静反驳，说自己要回学校值班，才不是因为游子遇。

"知道啦。"母亲送丛静上出租车，"到了给家里打个电话报平安。"

母亲送过她，立马赶去上班。丛静看着母亲越来越小的身影，这几年，从来都是母亲送她出远门，想到那夜的母女谈心，不免有些心伤。

丛静先回了趟出租屋，把自己剩下的东西打包，叫同城快递寄到游子遇家。她简单吃了点午饭，挽起袖子，继续打扫卫生。

等辗转到游子遇家时，已是下午四点多。

丛静今天早起，又一直忙活，又累又困，洗了澡，连行李都没收，直接躺上床，头一沾枕头就睡熟了。

这一觉睡得酣沉，窗帘紧拉着，丛静醒来有一种今夕知何夕的时空错乱感。

正要起床，她发现旁边有一个人。

他被她的动作惊醒，齉齉地"嗯"了声："静静。"

"嗯。"她看到他和衣躺在床沿，被子也没盖，身体微微蜷着，"游子，进来睡，别冻着了。"

她掀开被子，他挪了两下，钻进去，完了才说："我没洗澡。"

"没事，我不嫌你。"

丛静身上暖乎乎、软乎乎、香喷喷，游子遇抱着她："你搬过来了？"

他一到家，就看见客厅多出几个不属于他的快递箱，他很快意识到什么，四处寻她。

推开卧室门，床上小小的一团，她睡得安稳。

他蹑手蹑脚地走过去，虚虚搭上她的腰，看着她的睡颜，也睡着了。

"嗯。"丛静的胸被他的头压着，"几点了？"

"不知道。"

她伸手，拿手机看时间，竟然快晚上八点了："快放开我，饿死了。"

游子遇坐起来，抹了把脸，让自己清醒点："我去叫外卖。"

游子遇叫了一份卤肉粉、一份炸酱面，另加几样小食。

丛静随手绾起长发，手腕上却没皮筋："游子，帮我找一下皮筋。"

他在浴室梳洗台找到，走到她身后，扎了两圈，松松垮垮的，又将碎发勾到耳后。

她拆开食物包装，深深嗅了口，饿极了，闻什么食物都香得要命。

　　吃了几口面，她又觉得他的粉看起来更好吃，凑过去，就着他的碗嗦了一筷子。

　　游子遇笑着说："土匪啊你。"他也伸出筷子去夹她的面。

　　结果两个人都没吃饱。

　　游子遇说："我再去买，你想吃什么？"

　　"关东煮吧。"丛静报了一串名字。

　　游子遇懒得记那么多，干脆每样都来一点，他快去快回，手里的关东煮还热着。

　　两人分食那一大份关东煮，终于饱了。

　　眼看游子遇拆了一盒套，丛静赶紧开溜："刚吃饱呢，不适合运动。"

　　逃得过初一，逃不过十五。

　　最后，丛静整个人像从水里捞出来的一样，游子遇抱她去洗澡。

　　她实在受不了，失声骂他："游子遇，你这个月都别碰我了。"

　　"已经月底了。"

　　"……"

　　丛静眼角红彤彤的，挂着泪珠，欲落不落，游子遇用唇吻去，说："丛静，我爱死你了。"

　　她连翻白眼都没力气了。

　　"是爱你。"

　　她懒得和他辩争。

游子遇抓准她这种心理，在她耳边说："静静，嫁给我好不好？"

丛静紧紧咬着下唇，好与不好都不应。

他问得密了，她说："哪有人在这种时候求婚的？未免也太敷衍。"

"不是正式求婚，我会补给你，我只是想要你一个许诺，我想听你说你爱我，你会嫁给我。"

游子遇从来都是个缺爱的人，但他不要别人的，他只要丛静的。

他怕索求得太狠，她会反感、抗拒，可今天他太高兴了，迫不及待地想听她说，因为丛静搬过来了。

她明明也很爱他、在意他。

丛静心头一软，无法再拒绝。

她叹息般地说那句，他们恋爱以来，说过听过无数遍的庸常爱语："游子，我爱你。"

然后是："我愿意嫁给你。"

搬家的疲惫，加上纵欲过度，丛静第二天早上破天荒地赖床不起。

一阵窸窸窣窣的动静，游子遇走到床边，弯腰吻了吻她的唇，低声说："早餐在桌上，凉了就用微波炉'叮'一下，晚上我回来陪你吃饭。"

她头发披散在枕上，迷迷糊糊地应："嗯。"

不知是听进还是没听进。

丛静是醒了，但她浑身犯懒，他走后，她又睡着了。

睡得太久，醒来丛静感觉头疼。

游子遇买得多，她挑了两样加热，又泡了杯牛奶，坐在沙发上，边刷视频边用早饭。

昨天的行李因为两人的荒唐，还没来得及收拾，丛静扎起头发，穿着睡衣，在房间、客厅来来回回。

有几样东西她不知放哪儿，干脆搁到一边，打算等游子遇回来再问他。

这么一通收拾，身上出了汗，她思忖着中午吃什么，门铃响了。

显示屏上，门外站着一个西装革履的中年男人，他面相冷肃，身材高大。

丛静隐隐猜到来者的身份。她披了件外套，遮住底下轻薄的衣物，这才打开门。

"您好，游子遇不在家，请问有什么事吗？"

男人看着她："我就是来找你的。"

丛静一愣。

丛静倒了杯水给他："不知道您爱喝什么。"

游立林没有动，长期掌权，使他光是坐在那儿，压迫感便十足。

她默默地想，气质方面，游子遇倒没遗传他爸半分。

"丛小姐，我很早就知道你和我儿子在交往，我也知道他住在这儿。"他的语气也是，并不友善。

丛静莫名脑补，他掏出一张支票，让她和游子遇分手的情景。

好吧，事实上，是她想多了。

"他现在在他小姨的公司上班，说明他是可以上进的，我只是不明白，他为什么不回游家。"

丛静组织着措辞，缓慢地说："您其实也明白，他心里……

比较抵抗家里。"

"他从小到大，想要的，应有尽有，还有什么不能满足他的吗？"

"叔叔，他也是个人，他有情感需求的。"

游立林冷笑一声："有情能饮水饱？小姑娘，你们太年轻了，太理想主义了。现实是，这个社会，感情是最不名一文的，他妈妈、小姨，哪一个落得好下场？"

丛静生气了，却不能冲他发脾气，他毕竟是长辈。

她强摁下情绪，说："既然你们给不到他希冀的，为什么又要拿他不在乎的东西困住他？他是您的亲儿子没错，可我看您还没他小姨他表弟了解他，作为一个父亲，您是失败的。叔叔，如果您想通过我，劝或者威胁他回去，那您算是打错算盘了。"

游立林拧起眉头，说："你知道游家在 C 市意味着什么吗？"

"我不知道。"她又说，"我也不在意。"

丛静直视着他，不卑不亢："也许您会说我清高，但不该是自己的东西，拿着也不踏实，所以我没企图利用游子遇挤进你们所谓的上流社会。"

她压根没给游立林说话的机会："他更加不在乎你们的身份、地位，叔叔，您今天白跑一趟了，请回吧，就不留您吃饭了。"

游立林调查过丛静，一个普通的私立中学语文老师，没料到，她这么牙尖嘴利。

"行，丛小姐，你今天真让我'受益匪浅'。若像你说的那样，你们情比金坚，我不介意等你们几年。"

丛静没听懂他的意思，他已经起身离开了。

桌上的热水早已没了热气，水珠还挂在杯壁。

她手心里尽是紧张出的汗。

好一阵,她才缓过神来,把刚才的事告诉游子遇。他大概在忙,没有第一时间回复。

游子,我尽力了。她想。

第九章

三生有幸，今世相逢

QUTING
SHANHUHAIXIAODESINIAN

卉心虽不是大公司，但也有明确的上下班打卡制度，游子遇今天险些迟到。

一上午，游子遇忙得头昏脑涨，到饭点直接在办公室吃起盒饭。

何卉凤是个精益求精的人，全靠自己，把生意做大到今天，凭的就是她这股劲。

游子遇在她手底下做事，起初还有她手把手教，过了头两个月，就得自己摸索。他做错了，她也会不留情面地骂。

他们都说，他这个空降兵，没讨半点好。

累归累，但不得不说，他所学颇多，这些都是他将来的财富。

何卉凤过来找游子遇，笑着说："今天这么春光满面的，小丛回来了？"

"嗯。"他还在看何卉凤给他的书，让他学习用的。

"老爷子让你带小丛回去。"

游子遇动作一顿，抬头看她："什么时候说的？"

"前几天。"她靠着他的桌子，翻看他做的笔记、工作规划，"你朋友圈秀恩爱秀得那么声势浩大，我不说，总有人跟他说的。"

"过阵子忙完再说吧。"他继续埋头。

何卉凤说："你们俩走到最后，肯定要家里同意的。不然她一个女孩子，多受委屈啊。"

"我妈这边，你就是代表，游立林我会想办法。她爸妈人很好，这一切都不会是阻碍。"

何卉凤挑挑眉："你们这是要闪婚了？"

"闪婚？"游子遇皱眉，"可我怎么觉得，已经很久了？"

她放下他的东西，哼着歌："我肯定在几百年前就说过爱你，只是你忘了，我也没记起……"

他好笑。

游子遇饭没吃完，将垃圾收拾成一团，去外面丢掉，免得招蚊子，结果被人拉住说事情。

过了很久，他才回办公室，便看到丛静发来的消息。

原本伏案久了，颈周疼，现在头也突突地疼起来。

游立林和何承远这两人赶着趟地来找他们麻烦是吧？谈个恋爱而已，何至于让他们大动干戈？

他立马拨了个电话过去，丛静很快接了。

"静静，还好吗？"

"我就是听他那么说，挺不开心的，不过我怼回去了，没事吧？"

丛静是个读书人，情绪尚算平和稳定，可一生气就嘴快，容易吃这方面的亏。儒以文乱法，而侠以武犯禁，不知道她那一通长篇大论，会不会惹出是非来。

游子遇说："你说得可比我文雅多了。安心吧，他什么人没见过，何苦为难你一个弱女子。"

丛静"嗤"地笑了声。

游子遇又问她："吃过午饭了吗？"

"还没有，起得晚，吃了早饭没多久，刚点了麻辣香锅的外卖。"

"你还叫我好好吃饭。"

"唉，"丛静叹了口气，"一个人懒得做。哎，到了，你专心工作，晚上我们在家吃。"

"好。"

她今天被游立林烦过，至于何承远，先按下不提吧。

游子遇到家，丛静探出头来，笑眯了眼，问他："猜猜今晚吃什么？"

他嗅嗅："炖的……牛腩？"

"Bingo！"丛静围着围裙，面色温柔，"还给你做了一道凉拌花甲，以前我馋的时候，就先吃过敏药再吃。"

他走过去，捏捏她的鼻头："贪吃鬼。"

她拍掉他的手，转身去厨房忙碌。

空气中弥漫着牛腩和青蔬的香气，丛静个子小小的，倒油、翻炒、撒盐，动作堪称熟练。她弯腰，舀起一小勺汤尝咸淡，才将汤盛出来。

这幅触手可及的画面，寻常，却又难觅。

二十四岁以前的游子遇，从未想过这种普通的日子。

在游家别墅，那栋房子大而奢华，却毫无人气。每顿饭，都是安静如斯地吃完，不吵架，就是最大的和谐，然后，各自分散。

不像丛静，会跟他聊这聊那，吃完窝在沙发里，把脚搁在他腿上，看电视或者玩手机。

人间烟火气，不外如此。

游子遇想，求婚，可以提上日程了。

晚上，丛静趴在床上，游子遇跪坐在她身边，给她捏肩捶背。

"静静，你想听听我家的事吗？"

"你愿意说，我就听。"

她放下手机，想翻身坐起来，被他摁回去："就这么说吧。"

"说起来，其实也挺老套的，我妈原本有个喜欢的男人，但我外公不同意，把她送给了游立林——对，是送。她长得漂亮，游立林也就'收'了。"

游子遇手劲大，怕摁痛她，一直控制着力度："嫁到游家，我妈始终郁郁寡欢，她想，是不是生个儿子，就能摆脱了。然后我就出生了。你看，我成了她的工具。可生下我后，我身体不好，她舍不得了，而且她也抱着侥幸心理，想着兴许能和游立林过好日子。"

对于一个传统性情的女孩来说，没什么比家庭美满、家人健康更重要的事，于是，何卉媛留了下来。

那时，她不过是个二十岁出头的女孩。

可游立林一颗寒铁般的心，纵使她花了十年、百年，也难以焐热。

他忙于事业，对她和游子遇不冷不热。何卉媛极重感情，被人如此对待，久而久之，彻底心灰意冷。

确诊抑郁症后没多久，她替游子遇安排好后路，就自杀了。

说起来简单，可对游子遇来说，是长达二十余年的人生阴影。

丛静无法想象，他怎么熬过来的。

她心疼得快碎掉了："游子，让我抱抱你。"

游子遇松开手，被她紧紧抱住："我告诉你，不是为了博取你的同情的。"

"你没听说过吗？女人很容易对男人产生母爱之情。"

游子遇笑了："如果之前跟你卖惨，是不是能更早追到你？"

"说不准呢。"丛静自是开玩笑的，"爱你才心疼你。"

他闭眼，蹭着她柔软的发丝："都过去了。"

"嗯，过去了。"丛静拍抚他的脊背，声线温柔，"你以后有我。"

"我以前觉得，活着没劲透了。你就完全不一样。事情再多，压力再大，你也没说过'放弃'。我没跟你说过，我很佩服你。"

丛静大二很忙，家庭压力也大，他知道的，她也会抱怨、吐槽、哭泣，但依旧积极地生活着。

人总是会被自己身上所没有的特质吸引，所以，游子遇爱上她，是必然的结果。

他想过，要不是他自私、坚持，丛静那样的人，真未必看得上他。

游子遇说："再来一次，我会在你大一就开始追你，一年，两年，你不同意，我也不会放弃。"

他后悔的是，听了她的话，再也没去找她。

"好啊。"丛静腿跪麻了，但她依然没动，"等你追到不想追了，就换我来追你。"

他笑得胸膛震动："这样的话，我要拿拿乔，不能让你太容易得手。"

她也笑："我觉得你不出三天，就会输给我。"

"还赌吗？"他把她压到床上，"我说过，我敢赌的，就没有输过。"

"怎么赌……唔。"

已是春光满室，哪有人去惦记那劳什子的赌。

八月起，丛静要去学校值班。

需要做的工作不多，所以还算清闲，可以在办公室看点书籍、纪录片提升自己。

到点了，就准时下班回家。

游子遇比她忙得多，有时都不能回来吃晚饭，她便做点沙拉、拌面这类的敷衍五脏庙。

钟点工会定期上门打扫卫生，这方面无须丛静发愁。

到了周末，游子遇得了空，开车带丛静出门游玩，在外面住一夜。

八月，同在 C 市的大学同学组织了一场同学聚会。

丛静和徐梦宁同去赴会。

地点定在大学团建过的一家饭馆，班长是第一个到的，看到她俩，就说："不愧是咱学委、宣委，来得这么早。"

同为班委，互相比较熟稔，三人聊将起来。

所围绕的话题，无非是工作、生活、感情。

学师范汉语的，男生是珍稀动物，当时班里只成就一对，毕业还分了。

当年，班上、系里，无人不知商学院的游子遇在追丛静，一年后，却没了后文。

眼下毕业，听说游子遇有了女朋友，而丛静手上戴着不知是否昭示"恋爱中"的戒指，不免令人对他们各自的结局心生好奇。

班长正欲探究丛静的感情状况，其他人陆陆续续到了，招呼打着打着，便忘了这茬。

当时，她放话说，有男朋友的带男朋友，有"女朋友"的带"女朋友"，总之要热闹一场。

留在 C 市的不多，但这么一号召，乌泱泱的，真有不少人来。

一男同学说："学委大人，你绝对是我们班变化最大的，变得漂亮好多啊，再过几年，都要认不出你了。"

徐梦宁不满："说得静静以前不漂亮似的，她就是不爱打扮好吗？"

男同学说："都漂亮都漂亮，以前是水仙，现在是牡丹级别的。"

"哦？"徐梦宁扬了下眉，步步紧逼，"我怀疑你内涵静静'母单'哦。"

男同学告饶："哪有，别曲解我的意思，我就这么随口一说。"

徐梦宁一向最护犊子，听不得别人说丛静不好，不过大家也熟，打个趣罢了。丛静听着，只是笑笑。

班长趁机八卦道："名花都有主，丛静你呢？"

丛静不好意思说，他们问徐梦宁。

徐梦宁悠悠地夹炒花生米吃，唠嗑地说："她啊，当然有人先下手为强，把这朵花移栽到自己院子咯。"

大家一听，都惊了，纷纷问，今天怎么不带来一起聚一聚。

丛静被问得害羞，说他今天有事。

徐梦宁开玩笑说："她宝贝她家那位得很，你们一个个豺狼虎豹似的，怎么舍得带出来哟。"

"噫，看不出来啊学委。"

"别聊我了，人都到齐了吧，点菜点菜。"

他们在手机上点单。趁着没人注意，徐梦宁拐了下丛静，低声问："游子遇他干吗去了？周末还加班？"

"他回家了。"

丛静也不知道他回家干什么，只说处理完事情，就来接她。

"再说，他有空，我也不会带他来。"

"这有什么的，在座哪一个不认识他啊？"徐梦宁声音压得更低，"同学聚会就是炫耀大会，你听她们说什么年薪、对象条件，你也晒晒呗。"

"就是不想这样。我们过我们的，这跟他们又没什么关系。"

"哎哟，我的静静。"徐梦宁喟叹，又说，"以前流传那种，富家女爱上穷小子，为爱私奔，感觉你们就是性转版的。"

丛静说："他是游乐王子嘛。"

"他也是真爱你，你戏称的一个名字，他用了这么久。"

她笑笑："他还让我换小蓝，幼稚死了。"

"梦回童年啊你们。"徐梦宁也觉得好笑，"别人是，男人至死是少年，他至死是童年。"

丛静乐不可支："可别让他听见你这话。"

旁边的人问："你们说什么悄悄话不能让我们听见呢？"

徐梦宁摆摆手："没啥，点好了没？"

"差不多了，你们看看还要不要加什么。"

丛静扫了眼已选菜品，说："我没了，就这样吧。"

一年多不见，大家还不生疏，谈笑风生的。

一顿饭吃了一个多小时，他们又转战KTV。俗是俗了点，但那里气氛确实嗨。

大学班级不似中学，同学间的关系没那么紧密，但在班长的带领下，他们班班风很是不错。

他们点了鸡尾酒、零食、烧烤，麦克风从来没空过，徐梦宁唱完两首，把丛静拖过去唱。

"来来来，点一首《我要我们在一起》。"

在这么多人面前，丛静有点露怯，徐梦宁让她看屏幕，随便唱。

背后有人在摇包厢自带的手铃，丛静慢慢跟着节拍唱起来，不知何时，徐梦宁搁下麦克风闪开了。

字幕滚动着，她只好接着唱下去。

"……唉哟唉哟唉哟唉哟唉哟，你说你说我们要不要在一起。"

这时，包厢门被推开，丛静下意识抬眼看去，打了个磕巴，那一句就过去了。

后面一群人嚷起来："唉哟唉哟，这谁啊这谁啊，游子遇少爷哎！"

徐梦宁推推丛静，笑着说："怎么傻了？继续唱啊。"

丛静乜斜徐梦宁一眼，直觉这是徐梦宁搞的鬼。

她硬着头皮跟进节拍。

"傻傻看你，只要和你在一起，唉哟唉哟唉哟唉哟唉哟……"余光瞥到游子遇，她脸都红了，好像当场和他表白似的，"你说你说我们要不要在一起。"

游子遇被人邀请坐到沙发上，接了瓶玻璃瓶装的 RIO，没喝，似笑非笑地看她。

大家没错过他们的眼神互动，个个跟人精一样，察觉到了什么。

他们来回在游子遇和丛静身上看，想找出点蛛丝马迹。

他怎么会来？这两人……咋回事啊？

最后几句是高音，丛静唱不上去，但她柔柔的嗓音唱来，却别有一番风情。

"我说我说我要我们在一起，柔情的日子里，爱你不费力气。傻傻看你，只要和你在一起，不像现在只能遥远地唱着你。"

一曲终，大家鼓起掌来，"彩虹屁"一个接一个。

"不愧是我们学委，学习搞得好，歌唱得也一流。"

"丛静原地出道！"

…………

丛静随手把麦克风递给同学，朝游子遇走过去，他伸手，拉她坐下。

两个人大腿和手臂紧贴着，关系一目了然。

他们完全沸腾了："你们什么时候在一起的啊？瞒得够深啊。"

"游子遇早晒过了，完全没看出来是丛静啊。"

"主要是丛静一点动静都没有好吗？"

他们又把矛头对上徐梦宁："你知道还不透露给我们一点，这么一个惊天八卦。"

徐梦宁无辜摊手："是丛静不想说，可跟我没关系。"

班长说："不行不行，丛静，你们必须自罚三杯，当年我可是看着游子遇追你没追到手的，现在还不说，太不讲义气了。"

"没有杯子，就直接干一瓶吧。反正度数也不高。"

游子遇无所谓，仰头一口喝尽。丛静无奈极了，正要去拿酒，旁边的人夺过。

游子遇："她酒量不好，我来吧。"

又是一瓶下去。

他们都没来得及反对，但也放过她了。

他们终于闹腾完，丛静挨着游子遇，问："梦宁告诉你的？"

他颔首，说："红包又得给她封大一点了。"

她就知道，拉她唱这首歌也是徐梦宁故意的。

徐梦宁跟人摇骰子摇得如火如荼，丛静又无语又好笑，说："你们就联起手算计我吧。"

游子遇贴着她的耳朵，一手揽过她的腰："要不是她，我今天还听不到你唱歌。"

"我没唱过吗？"

丛静回忆着，她印象中，她当着他的面哼过很多次歌啊。

"只有这首是为我唱的。"

她啐他："脸皮真厚。"

游子遇大笑，在立体环绕音效的包厢里并不明显："不然你还想对谁说'我要我们在一起'？"

丛静不予理会，去够茶几上的零食，游子遇手长，抢先一步，撕开包装，拈了块喂她："还打算玩多久？"

"几点了？"她的手机在充电。

"十一点。"

"这么晚了？"她完全没有时间感，"那我们再坐一会儿就走吧。"

徐梦宁玩累了，坐过来："静静，你们俩去唱首呗。"

"不去了，我们打算走了。"丛静收拾着包，对游子遇说，"游子，帮我拿下手机和数据线，充电头留那儿。"

他们对众人说："我们先告辞了，你们玩得开心哈。"

有人挽留道："游子遇刚来，不多玩一会儿吗？"

"太晚了，我们明天还要上班呢。"

"游子遇，你记得好好地把我们的丛静送到家啊。"

徐梦宁说："人家小两口，还送哪儿去啊？"

"？？？"

他们已经出去了。

包厢里冷气打得太低，出来反而舒服了点。

丛静看了眼手机，突然发现不对劲，再看一眼，才十点出头？！

她掐了把游子遇："好哇你，睁着眼睛说瞎话。"

"你现在怎么这么喜欢掐我？"他抓住她的手，十指紧扣地牵着，"同学聚会有什么好玩的，还不如回去跟我……"

后面两个字，直白得令人发指。

"……"

丛静左右看了一眼，还好没人听到，骂道："你就是欠掐。"

两人回去后不久，沉寂许久的班级群消息炸了。

他们都在艾特丛静。

她一头雾水地点进去。

我们中间错过了什么，丛静你和游子遇都要结婚了？还是已

经结了？@CCCJ

什么时候办喜酒啊？@CCCJ

有情人终成眷属，帮我们祝贺游子遇多年的媳妇熬成婆啊哈哈哈哈。@CCCJ

这不得来个红包让我们沾沾喜气？［旺柴］@CCCJ

消息还在涨，连不怎么冒泡的班主任和班助学姐都出来了，老师先丢了个红包。

丛静看傻了，什么跟什么？

游子遇凑过来，浅浅扫了一眼，给她转了点钱，在她手机屏幕上敲了几下，发了个红包，和一句话出去。

CCCJ：谢谢大家，届时一定给大家发喜酒。

丛静捂脸："你瞎说什么啊。"

"你没阻止我就是默认了。"游子遇把她抱到腿上，手机丢到一边，密密地吻着她，"你看，你同学都说我'多年的媳妇熬成婆'，你还要拖吗？"

"我们才谈了两个多月。"

丛静的手臂被衣服带得抬起来，轻而薄的裙子坠落在地，游子遇低下头去，声音含糊："可我们认识都快五年了。"

"嗯……"她哼了声，"哪有你这么算的？"

"你之前说愿意嫁给我的。"

"我是愿意……"

"这不就行了。"

丛静说不出话了。

第二天，丛静再看群消息，已经"99+"了。

最开始还是在八卦他们，后面见丛静一直没回，也就偃旗息鼓，转而聊其他话题了。

还有徐梦宁给她发的一堆私聊。

徐梦宁：不要怪我说漏嘴哦，你家那位威逼利诱我的。

徐梦宁：他早就想让你官宣为他正名了，奈何你不爱说私事，就借我的嘴了。

徐梦宁：他真是大尾巴狼啊，啧啧。

…………

徐梦宁：这么早你不可能睡了吧？还是去"睡"游子遇了？

徐梦宁：行吧，春宵一刻值千金。

丛静看着旁边睡眼惺忪的游子遇，气又气不起来，只好狠狠地咬了下他的唇。

"快起来上班了！闹钟都摁掉两个了。"

"老婆。"他声音低哑地喊。

她一震："别乱喊。"

"不管，你就是我老婆。"游子遇下床，身上就一条平角裤，"老婆，我去给你买早餐。"

丛静仰头望着天花板，真是没眼看没耳听。

八月的 C 市，天气炎热，一滴雨也不曾下。

如非必要，丛静出门都不化妆了。赵心慧来找她那天，她也是素面朝天，一身简单。相对的，赵心慧从豪车下来，连发丝都透着精致。

赵心慧邀请丛静去喝杯咖啡。

"丛小姐，你随便点。"

丛静只要了一杯常温的果汁。

果汁和赵心慧的拿铁一起端上来。

服务员走后，赵心慧做着长美甲的手端起杯子，啜了下，开口道："不知道游子有没有跟你说过，我是他的学姐。"

"我知道。"

"所以我听说过你，他爸爸也知道，就是没在意。他们这种家庭出生的孩子，在外面怎么玩都没事，但婚姻是件大事。"

丛静没作声。

赵心慧并未展示出攻击性，说话和缓，仿佛只是找她谈心："游子前几天，回过家。"

丛静忍不住打断赵心慧："赵小姐，游子爸爸找过我，我不知道你又来找我是什么意思，我想，我之前应该已经跟他把话说清楚了。"

赵心慧笑了声，毫不生气的样子："虽然我不是真正的女主人，但他只有这么一个儿子，他也不让我生孩子，将来这个家不还是属于游子的？我和将来的少奶奶搞好关系，没什么问题吧？"

丛静皱眉，游子遇到底回家干了什么？

赵心慧当即为她解惑："他爸爸同意了，或者说，妥协了，前提是他得回游家。他们聊了什么我不知道，但这个条件，是游子做了极大的让步。"

她又说："这么多年，游子一直在消极反抗家里，谁拿他都没办法，有你，就有了他的把柄。豪门生活不好过，他爸爸虽然强势，毕竟虎毒不食子，有游子护着你，至少不会像我一样，连个身份都没有。"

这些，游子遇一字未与她提过。

但他有他的打算，丛静选择相信他，说："我们路不同。"

赵心慧一愣，不料丛静这么刺她，又听丛静说："我不会是他的把柄，他会自己处理好。人的出身不由己，但日子怎么过，是自己说了算。我既然答应和他在一起，就有所准备。"

丛静喝完果汁，起身："赵小姐，今天这杯，我请你吧。"她结过账，继而离开咖啡馆。

赵心慧留在原地，心下了然，难怪游子那么爱她，她真是个通透的人儿。

丛静回去后，没有和游子遇说这件事。

赵心慧跟她说那些话，无非是出于嫉妒心，想看他们会不会鸳鸯散，她偏不让赵心慧如意。

家里既已同意，他大概会于近期求婚，那她还是不要挑破比较好。

就当给彼此留个惊喜吧。

八月下旬，过七夕。

这是他们在一起后，过的第一个"情人节"。

白天他们要工作，预约好晚上的餐厅。出门前，游子遇告诉丛静，他订的是西餐厅，潜台词是，让她打扮得"隆重"点。

丛静也是看过不少电视剧的人，她不免脑补起，玫瑰花、香槟、小提琴、蛋糕、钻戒构成的一幅幅画面。

俗归俗，但还是很浪漫，她隐隐有些激动。

丛静带上他之前送她的裙子和高跟鞋，下班前换上，还补了妆。

同事看到，笑问："这是要去跟男朋友过节啊？"

丛静也笑，说："是啊。"

傍晚，游子遇来接她，看到她的打扮，夸了句："我老婆真漂亮。"

从那天早上的"老婆"后，他仿佛叫上瘾了，丛静都脱敏了，随他去了。

一路上，七夕的氛围十分浓郁，各大商家都在借着这个噱头搞活动。

丛静想起大二那年的二月十四日，是西方情人节，刚开学，游子遇顶着寒风，站在她宿舍楼下。

谈了对象的室友过节去了，留丛静和徐梦宁在宿舍。

游子遇当然没有搞那种哗众取宠的把戏，那样只会让她难堪，他一遍一遍地给她发消息，叫她下楼，说有东西给她。

丛静用脚趾想都知道是什么，她说你别等了，我不会收的。

他说不是玫瑰花，不是巧克力，就是普通的礼物。

她最后还是下楼了，天气预报说会下雪，她怕他冻感冒。

游子遇穿得单薄，一件大衣外，只围着一条薄围巾，典型的只要风度不要温度。

傻子。丛静在心里骂他，走到他面前，朝他摊开掌心。

她的手软软白白，他托着她的手背，落下去的，却是一个羽毛般的吻。

丛静像被烫了下，猛地抽回手："干吗啊？你要是这么轻薄我，我就走了。"在他看不到的地方，她搓着手心，感觉上面还留有他嘴唇的温度。她的脸悄悄发红。

游子遇说："不是这个，别走。"

他捂住她的眼睛，带她走了几分钟。她猜是宿舍楼旁边的僻静处。

没有楼与树的阻挡，风更大了。

游子遇的手还是热的，丛静不敢眨眼，怕他有所感觉，于是闭着眼。

黑暗、他的温度、寒风，让她的心跳慢慢加速。

终于，他松开，不知从哪儿取出一根仙女棒，他掏打火机点燃，在火星四溅时，他手一抓一松，变出一朵小白花，献给她。

很拙劣的一个魔术表演。

丛静"扑哧"笑出声。

游子遇不满，说："我学了很久呢，给点面子好吗？"

她啪啪啪地鼓掌："好棒好棒。"

"刚刚逗你开心的，这个才是礼物。"

原来，东西被他藏在灌木丛后。

那是巴掌大的香薰蜡烛，纯白，装在陶瓷杯里，没任何花哨的装饰，香味浅淡，不冲鼻。

她心头一动，问："你自己做的？"

"对啊。"他一本正经地说，"有催眠作用，让你天天做梦梦到我，然后你就会爱上我。"

丛静不信他的胡说八道，但还是收了："谢谢。"

他帮她戴上帽子，更衬她的脸小："节日快乐，丛静。"

她从鼻腔里溢出一声"嗯"。

"外面冷，快回去吧。"他握了握她的手，"这么一会儿就冰了。"

大学时，他追她的种种，现在回忆起来，都是甜蜜的。

丛静不禁想，他是第一次追人？怎么那么"会"？

她问他："那个香薰蜡烛真是你做的？"

游子遇专心开着车，第一时间没反应过来："什么蜡烛？"

"情人节你送我的那个。"

"哦，我们班有个人做那个，准备在情人节摆摊卖，我蹭着做了一个，还挺简单的。送贵的你又不会收。"

丛静抠着包上的装饰，说："你又不是我什么人，收了我还不起。"

游子遇说："听着真伤心，心痛得快死了。"

她说："拒绝你那么多次，看你也活得好好的。"

"宝贝，今天过节呢，就不能说点好听的哄哄我？"

丛静敷衍道："爱你爱你。"

游子遇看她一眼："蜡烛你用了吗？"

"有次欠缴电费，宿舍停电，照明用了。"

"……"

丛静看他一脸哀怨，乐了："没糟蹋你的心意啦，就点了一会儿，交了电费电就来了。"

游子遇哼了声，这还差不多。

她觉得徐梦宁说的"他至死是童年"说得真没错。

他们抵达餐厅，服务员迎他们坐下。

这间餐厅很高档，人均消费也高，丛静头回进来，有些紧张。

游子遇说："你就当是大排档。"

"要是价钱也像大排档就好了。"

她翻了下精装的菜单，咋舌，点单权推给他，说："你看着点吧。"

　　游子遇便按照她的喜好点了几道。

　　从前菜一路吃到甜点，游子遇很体贴地照顾她，却没有半点铺垫惊喜的意思。

　　丛静不由得疑惑：难道不是今天？百日纪念日？

　　一顿饭就这样无惊无喜地结束了，他又带她去电影院，她又想象他包场求婚，结果他们就是普通地看了场电影。

　　七夕上映了几部爱情电影，游子遇挑了部猫眼想看人数最多的电影。

　　丛静小声说："七夕电影都是坑情侣的，好难看。"

　　旁边有女生哭得稀里哗啦的，不停地擤鼻涕抹眼泪。

　　他赞同地点点头，好好的节日，搞一虐恋 BE。

　　过了会儿，丛静实在看不下去了，挠挠游子遇的手心："我们先走吧？"

　　中途退场浪费钱，坚持看完是浪费钱又浪费时间。

　　于是，两人佝着身，溜出影厅。

　　丛静问他："接下来我们去干吗？"

　　"再逛一会儿就回家吧。"游子遇看了眼时间。

　　这么早？

　　果然，不抱着希望，就不会失望，亏她还化了防脱水的妆，怕哭花脸。

　　丛静干脆收回期待，放松心情，和他散漫地逛了起来。

　　她不习惯穿高跟鞋，走得脚痛，提议找地方坐一会儿，然而到处都是人。

游子遇在她面前蹲下身："我背你。"

她不肯："大庭广众的。"

"还有当众接吻的呢，怕什么。"

丛静看了下，比他们亲密的比比皆是，于是她爬上他的背。

近日的饮食作息规律，他身上长了些肉，壮实点了。

丛静和他头靠着头，说："游子，要不我们开始健身吧？"

他看了她一眼，托着她的臀颠了颠："你也没胖啊。"

"我想健康生活，无病无灾，活得久一点。"

和你厮守得久一点。

丛静是个很务实很普通的人，她没想过大富大贵，也不期盼天降大运，和家人健健康康、平平安安地生活着，就是她最大的愿望。

游子遇答应道："好，早睡早起，吃好喝好。"

丛静靠在游子遇背上，走着走着，有点昏昏欲睡。

忽然，旁边一阵喧闹声，他们看去，原来是一个男子正跪地求婚，旁边尽是玫瑰花和气球，一群人围着。

丛静说："我大三的时候，学校操场有次求婚仪式，你知道吗？"

"嗯？"

那时他大四，不怎么来学校了。

"好像是中秋节吧，男方坐火车来 C 市，在操场搞得轰轰烈烈的，好多人去凑热闹，我和梦宁也去了。"

丛静圈着他的脖子，慢慢地说着："过了很久，操场挤满了人，女方才被带到操场来。男生说了什么话，我没听清，也不记得了，只知道他们爱情长跑了五年。好了不起。"

游子遇问她："丛静，你高中在干什么？"

"学习呀，我初中成绩不好，但我爸妈说是金子总会发光的，他们也不逼我，我就考到 Z 市一个特别普通的高中。后来我觉得，该发愤图强了，就一门心思投入学习，不然我还考不上 C 大呢。"她拨他的耳朵，"你呢？"

"泡吧、抽烟、打游戏，没做什么正经事。"

"没早恋吗？"

游子遇睨她："你是我初恋你不知道吗？"

丛静轻哼："谁知道真的假的。"

"那几年叛逆，怼天怼地，看到女生只觉得烦，怎么可能早恋？"

"我不烦？"

"你可爱呀。"

她揉他的脸肉："卖萌无效。"

他笑着："回去吗？我背累了。"

不知不觉，他们都走了好大一圈。

被行了一路注目礼，她还觉得别扭："放我下来吧。"

"你在商场门口等我，我开车过来。"

"好。"

到处张灯结彩，挂着鹊桥灯笼，中国的七夕，自古以来，似乎都热闹非凡。

金风玉露一相逢，便胜却人间无数，丛静想到游子遇，忍不住笑笑。

原以为爱情只是远古传说，流传了几千年，早已失传了。其实，不是不存在，而是散在人间烟火里，不再轰轰烈烈。

有一件事，她从未与人讲过。大一那年的暮夏，她有注意到坐在小马扎上的男生，他表情不甚耐烦，姿势没个形，就一张脸，生得俊朗。

她看了一眼，又一眼，心跳快了好几下，然后拉着室友过去，问："学长，我想问一下，你们部门是做什么的呀？"

谁也不知道，她申请那个部门，是受了他皮相的蛊惑。

后来，他们谈论到他的事情，她都会竖起耳朵听，她心知肚明，他们没有可能。

大一过去，他们还是只知道彼此名字的熟悉程度。

怎么到了大二，他来追她了呢？

她被他逼得一退再退，却从来狠不下心，与他彻底决断。

拉扯了一年，她意识到，再拖下去，对彼此的伤害只会越来越深，她终于举起那把刀，斩断他们所有的联系……

丛静站在门口，还有女孩来问她买不买花。

游子遇今天没买花，那她就送他吧。她也没问价钱，说："给我五朵吧。"

嗯，就当纪念他们相识快五年了。

丛静看到游子遇的车打着双闪，她捧着花，小跑过去，敲了敲他那边的车窗。

"帅哥，你叫什么名字？交个朋友呗。"她歪着头，做出一副调皮的样子。

游子遇一个愣怔，捂着额头，接过花，失笑："你啊……"

丛静坐到副驾，嘟囔："七夕的玫瑰真贵。"

"知道你还买。"

"生活需要点仪式感，七夕也需要点花做点缀。"

游子遇看她一眼，眼神晦暗不明。丛静没看懂他的意思，他已经启动车了。

回到家，丛静按开门锁，正想踢掉高跟鞋，突然发现地上摆着一排粉色的爱心蜡烛，她回头想找游子遇，但门被关上了。

她顺着蜡烛排列的方向，往屋里走。

到阳台就断了。

那里，一个玻璃灯台上，摆着一捧巨大的玫瑰花，花瓣被灯照得鲜艳欲滴。

丛静笑了，难怪他用那般眼神看她。

走近了，才发现花上插着一张贺卡。

她打开，上面的字迹，明显是游子遇的。

To CCCJ:

丛静，我爱你，这句话，我对你说过很多遍，这还是第一次在纸上写给你。

这三个字也许烂俗，可我还想讲一辈子。

三生有幸，今世相逢。词不达意，请抬头看。

Yours

游乐王子

丛静抬头，不远处的大厦上的巨幅广告灯牌突然亮起来，上面显示几个彩色的大字：丛静 [心] 嫁给我！

她瞪大眼，捂着口低呼："我的妈呀……"

游子遇这是在演偶像剧吗？

可灯牌频闪着，引起了路人的惊呼，他本人依旧没有出现。

这时，一道嗡鸣声渐渐靠近——是无人机。

它晃晃悠悠地在她面前悬空停下，上面用绳子吊着一个首饰盒。

丛静小心地取下来，怕一不小心，它就坠下楼。

里面果然是一枚钻戒。

她转过身，对着空荡的屋子说："游子，求婚不需要亲自求吗？"

游子遇从暗处走出来，笑意浅浅。他还是那身衣服，衬衫、西装裤，在她眼里，俊美无俦。

他摘下那枚戒指，单膝跪地，磕在地板，"咚"的一声，听得她心头一颤。

他仰着脸看她："我说过，正式的仪式一定会有。丛静，我曾经觉得，人生无趣无意义，整天丧到什么也不想干。但为了你，我想认真地经营我的，我们的生活，只要有你在，再普通的日子也是绚丽多姿的。"

他一字一顿地说："丛静，嫁给我好吗？"

丛静眼中已经溢出清泪，眼前的游子遇都免得模糊起来："好。"

他给她戴上戒指，搂她入怀，低头吻住那双比玫瑰还要芬芳的唇。

千言万语，倾付于这一吻中。

他们心心相印，心照不宣。

像藤蔓与树，苔藓与岩石，紧密得，无人得以分开，仿佛生来就在一处。

他的人生，经历一长段的蒙昧，他一个人踽踽而行，没有终点，没有同伴，也没有再见光明的希望。

终于，有一个人，愿意伸出手来，将他拉到阳光之下，让他知道，平凡而努力地活着，已是生活最大的意义。

他活在混沌里，她开了一道天光。

这条路，他再也不是一个人走到黑。

那么，后面的路，不管是黄沙遍天，荆棘密布，还是春和景明，惠风和畅，他们都会一直，一直走下去。

番外一

我这是"恋丛静脑"

LQUTING
SHANHUHAIXIAODESINIAN

关于求婚，丛静料到了时间，却没料到地点和规模，总的来说，还是有惊喜的。

后来，丛静才知道，那天的求婚仪式，有徐梦宁、彭轲、何卉凤等人的参与，甚至连放暑假的赵光韬同学也有掺一脚。

求婚全程，有多机位在录制。

游子遇说："等孩子大了，等我们老了，还能翻出来重温。"

丛静想的是，还好她做了心理准备，没有表现得太失态。

那之后，游子遇带丛静去见了他的外公——何承远。

对于这个外孙，何承远向来是又恨又爱的，恨在他心不定、不成器，爱在他到底是亲外孙。

而面对他带来的未婚妻，何承远却十成十的客气、和颜悦色。

游子回头金不换嘛，能让游子遇回心转意，踏实做"人"的女人，自然是个宝。

游子遇也难得没跟何承远板着脸了，但仍不亲密，算是敬他客气待丛静。

两人挑在一个普通的日子领了证，又高调地晒了结婚证、红底证件照、钻戒。

这下，认识两人的，都知道他们结婚了。

评论区是潮涌般的祝福。

沈铭信也放下了，心平气和地说：*祝你们新婚快乐，永远幸福。*［碰杯］

他们统一做了回复：*我们夫妻俩都收到了各位的祝福，谢谢大家。*

当然，丛静那么低调的一个人，会这么发朋友圈，这么说，都是受了游子遇的"胁迫"。

领证后的某一天，去何家吃饭。

何承远送了一辆车给丛静。

何卉凤除了给她那套首饰，还有一份房屋赠与合同。

丛静诚惶诚恐，只觉这两份礼烫手得不敢接。

何卉凤悄悄跟她说："我们何家虽比不得游家声大势大，子遇的媳妇，这点待遇还是有的。"

丛静张了张口，说："谢谢……外公，小姨。"

这么改口，她还不习惯。

他们都喝了酒，于是在何家住了一晚，睡的是游子遇从前的房间。

游子遇在这里住得少，几乎没留下属于他的痕迹，除了一张他和母亲的合影。

丛静说："你比较像你妈妈。"

"你妈妈？"他睨她。

"……妈妈。"

真别扭，把亲生母亲之外的人叫作"妈妈"，可游子遇适应得很好，回Z市时，爸爸妈妈叫得那叫一个顺溜。

知道他母亲去世，父亲薄情，他们拿他当半个亲儿子。

他说："赵光韬也像何卉凤，儿子总是比较像妈妈？"

"是吧。"丛静躺在他胳膊上，"话说，小姨为什么那么小就生了他？"

游子遇玩着她的头发："年轻不懂事，爱上了一个不该爱的男人。"

"谁啊？"她好奇。

"何承远的朋友，比她大了二十多岁。"

丛静一惊。

那人是个大学教授，何卉凤十几岁时，遇见了他，对他倾心，立志考他所在的学校。

彼时，他和他的妻子处于分居状态。

何卉凤一毕业，就当了他的金丝雀。

没多久，她便怀孕了，何承远知道后，气得想打死她，再捅到那人学校，把他搞得身败名裂，最后被何卉媛拦了下来。

那个男人还算有良心，保证说会和妻子离婚，娶何卉凤，和她共同抚养他们的孩子长大。

可命运弄人，他罹患癌症，孩子出生没多久，他就去世了，留下一笔不大的遗产，给何卉凤，以及他和他前妻所生的孩子。

何卉凤出国留学，年幼的赵光韬由何卉媛照顾，是以，何卉媛自尽后，何卉凤对游子遇亦如亲生儿子。

至于她至今未婚的原因，游子遇问过，却没有得到一个明确的答案。

可能是事业忙，没空，可能是她还惦念那个男人，也可能是受的情伤太重，不敢再碰。

如游立林所说，何家两个女儿，在感情上，没一个落得好下场。

那次，游立林和丛静谈的话，被她如数转述给游子遇。

游子遇当即一声冷笑："他真的不爱吗？他以为我不知道吗？他每年去看我妈，钱夹里始终留着她的照片，只是懦弱，不敢承认他伤她罢了。但这种深情，不过是无用的自我感动，早知如此，当初干什么去了？"

人非草木，孰能无情，但游立林的情，是凉薄的、自私的，游子遇不屑一顾。

他对丛静说："要是我爱一个女人，我不会让她因为我，受半点委屈。那是男人无能。"

所以，后来的很多很多年，他一直在践行他这句话。

他爱她、护她、让她，结婚数十载，只有她气他的份。

哪怕是吵架，他也是想着，自己辛辛苦苦追到的女人，不得宠着？还是巴巴地把人哄好。

不过，两人真正吵架的次数屈指可数，大多是夫妻间的情趣。

回到何家。

丛静感叹："我们还是很幸运了。"

"要是你没租到何卉凤的房子，或者毕业回了 Z 市，我们是不是就没可能了？"

"应该是。"

游子遇不满道："你应该说，有缘的人，兜兜转转还是会在一起。"

丛静笑："这么会说，话都让你说好了。"

"我是认真的。如果我确定我无法忘记你，我肯定会去找你，再追你一遍。反正这个时代，找人容易得很。"

丛静翻过身，看他："游子，你说，'恋爱脑'会遗传吗？"

"我这是'恋丛静脑'好吗？"

她笑死了："你倒是挺引以为荣。"

"爱老婆有什么可耻的？"

她说："老公，我们回 C 大看看吧？"

不知道是不是恋爱谈久了，她现在有时的语气，特别像他。他亲亲她的脸蛋，说："好。"

丛静大学时，时常一个人在校园里走，很多路，走过上千遍，熟得不能再熟。

许多僻静的角落，是情侣恋爱圣地，也是丛静背书之处。图书馆她常坐的位置，此时堆满了别人的书。

现在重温当年走过的路，似乎也没什么不同。

C 大早已开学，他们穿着普通的衣服，就像最寻常的大学情侣，手牵着手，你侬我侬。

走到文新学院，上面贴的优秀毕业生名单换了一批人，丛静骄傲地说："我也是我们那届的优秀毕业生呢。"

游子遇说："嗯，我老婆真棒。"

又走到一教楼，周末也有班级在上课。

丛静颇为怀念地说："还是上学时好，我们有些老师讲课还挺有意思的。"

"是吗？"

她报了几门课程名，又说："算了，你肯定没认真听过。"

"我顾着追你呢，再说，我自己的专业课都不太听。"

"亏你没挂科。"

"还不得感谢我老婆对我起的督促作用，带我好好复习。"

"今天嘴这么甜？"

"哪天不甜？不信你尝尝。"他把脸凑上来，她笑着推开，骂说"耍流氓"。

"学姐！"

丛静第一时间没意识到是在叫她，直到被人拍了拍肩。

女生说："学姐，是你啊，我还以为我叫错人了。"

"啊，不好意思，没反应过来。"丛静认出，对方是自己带过班的学妹，现在是大四。

女生看向游子遇，和她朋友圈的照片对了下，问："这是……学姐夫？"

好奇怪的称呼，丛静笑了声，说："嗯，我老公。"

游子遇一下子爽到，揽住她的腰。

女生问："我正准备去吃饭，一起吗？我请你们啊。"

"不用破费了。"

她唰地掏出卡："吃食堂，不介意吧？"

C 大有几个食堂，都很便宜，种类也多，丛静帮游子遇要了份海鲜烩饭，自己则是盖浇饭。

三人找位置坐下，丛静问："你留在学校是准备考研吗？"

"嗯。我打算考 A 大文学方面的。"女生又问，"学姐，你成绩那么好，怎么不考研？"

她们专业保研名额少，丛静没有竞赛加分，差了点，说："太卷了，想着还是先工作赚钱。"

女生叹了口气："确实，分数线一年比一年高，现在动不动卷到三百九、四百了，要是没'上岸'，我就回家算了。"

饭到了，丛静分了一部分饭给游子遇，她吃不完。

女生羡慕地说："学姐，听说你们大学就在一起了？你们感情好好啊。"

丛静说："谣言，那会儿他死皮赖脸追我，我没答应。"

"啊？"

游子遇说："嗯，是我穷追不舍，你学姐特难追，今年才追到。"

女生怎么听，怎么觉得他们是在秀恩爱，关键是，他语气好宠啊！唉，美好的爱情都是别人的。

他们与女生告别，走出校门。

丛静回头望了一眼 C 大的校标，说："大学四年一下就过去了，感觉没来得及做什么事。"

"是啊，"游子遇应道，"比如没跟我谈恋爱。"

丛静睨他："男人影响我搞学习，还是算了吧。"

游子遇捧着她的脸，狠狠地亲："谁影响谁？明明是我念你念得茶不思饭不想。"

她跳起来，抱住他的脖子，整个人挂在他身上，大声说："游子遇，我爱你！"

他们校区比较偏，没什么人来往，她才敢这么闹。

游子遇笑，也喊："丛静，我也爱你！"

她笑得发颤，脸埋在他肩上："好中二，蠢死了。"

游子遇抱紧她，在原地转了几个圈，才把她放下来，说："这叫青春洋溢。"

二十多岁的丛静和游子遇，仿佛还在谈着校园恋爱，爱对方爱得不想过去，不想未来，只在乎当下的快乐和彼此。

番外二

去看，排山倒海的爱恋

LQUTING
SHANHUHAIXIAODESINIAN

丛静婚礼那天，徐梦宁作为伴娘，哭得稀里哗啦的。

她说，她是唯一一个，亲眼看着丛静从与游子遇相识，一路走到今天的人，大喜的日子，虽然应该开心，但就是有一种很难过的情绪。

她还说，你一定要幸福，要是有不开心的事，就跟我说。

丛静心里明白，绝大部分朋友都是阶段性的，好比其他两个室友，已经淡出她的生活，但她依然觉得，徐梦宁是她这几年最好的朋友。

后来，徐梦宁考研"上岸"，离开 C 市，丛静和她还是会保持线上联系。

第二年，丛静带的学生升上初二。

他们都知道她是赵光韬的表嫂，因为有次开家长会，是游子遇替何卉凤来的。

严老师在会上，着重表扬了赵光韬，说他成绩进步很大，又说，其他家长可以以他家长为表率。

他们纷纷对游子遇投去目光。

游子遇忙摆手，谦虚道："是我们家丛老师教育得好。"

丛老师？是那个语文老师吗？嚯呀！

家长回去对孩子一转述，这事就在年级里传开了。

不过在学校，赵光韬还是恭恭敬敬地叫她"丛老师"，丛静也不会对他有特殊照顾。

总体表现很公私分明。

传开的，还有游子遇开豪车一事。

起初吧，丛静是骑电动车，也方便，后来呢，她开新车上下班，再后来有几天，是一辆黑色的阿斯顿马丁送她。

他们不认识车，不认识标，但有手机啊，一查便知。

有人在办公室偷听到曲敏和丛静聊天，得知是她把车剐了，她老公怕她出事，便亲自接送。

某天，离下课还有几分钟，练习已经讲完了，丛静便问大家还有没有需要答疑的。

有人壮着胆子问："丛老师，你老公那么有钱，你为什么还上班啊？"

丛静开玩笑说："因为你们很可爱啊。"

大家一起笑起来。

丛静正色道："他有钱是他的事，这是我的事业，是我实现自我价值的地方，我和他结婚，没必要放弃我的事业，明白吗？"

他们七嘴八舌地问"丛老师你什么时候生宝宝啊""丛老师你生宝宝的话还会教我们吗""丛老师你老公是干什么的呀"……

丛静扶额，现在的学生怎么这么八卦？

她只说："你们放心，我会教到你们毕业的。"

下课铃简直是她的救命铃。铃一响，丛静立马收拾东西跑路。

事实上，赵光韬也不堪其扰。

老有人找他打听丛静和游子遇的爱情故事。

被关在学校，严格管理手机、课外书的高压之下，十几岁的少男少女对八卦尤为感兴趣。

他的回答只有："不知道。"

事实上，他确实不知道。

他们的婚礼上，播放一部 VCR，里面有很多视频、照片，包括求婚现场，看着很令人心动没错，可他还是不知道他们怎么相识、怎么相爱的。

他转而愤愤地说："他们真的很过分！天天当着我的面卿卿我我，尤其是我哥。"

"你哥怎么了？"

"他嘲笑我说，他有老婆，我没有。"

同学："……"

"他还说，让我好好听丛老师的话，要是我气到丛老师，就把我皮剥了。重色轻弟！"

同学："……"

还是不要借鉴你家长的做法比较好。

又过了一年。

是年六月中旬，C 市中考。

丛静亲自送考，毕竟这是她带的第一届毕业生。

她和恒英几个老师站在校门口，准备了横幅，给他们加油打气。

他们一个个进考场，直到关上考场大门，丛静心中感伤，有些舍不得这些孩子。

后来，中考成绩出来，一批成绩好的学生办谢师宴，特地请了丛静。

所谓"谢师宴"其实很简单，他们把桌椅搬开，中间摆了蛋糕、礼物和花束。

有几个女生还抱着丛静哭了，说她对她们特别特别好，给她们买糖，带她们去医务室，云云。

丛静抹着眼泪，说祝所有学生将来学业有成，平安喜乐。

她把礼物带到家，拆开看，发现盒子里全是手工制品，什么纸星星、千纸鹤、纸玫瑰，还有一大张卡纸，上面不同的笔迹写着对她的祝福。

她又哭了，想到这三年的辛苦，终究是有回报的。

游子遇回来看到她眼睛肿得跟核桃似的，以为她受委屈了，想把她搂到怀里哄。

结果，听她哽咽着说："我以前被他们气到，怀疑自己是不是不适合当老师，今天他们又给我搞这一出，我是不是被他们PUA了啊？"

"……"

他帮她擦眼泪，说："丛老师，你做得很好，他们还是一群孩子，性情不定，习惯就好了。要是每送走一届毕业生，你就哭成这样，我怎么办？"

"我哭我的，关你什么事嘛。"她吸吸鼻子。

"你一哭，我得天十年寿，你要是不想当寡妇，就别哭了，嗯？"

"呸呸呸，说什么不吉利的话呢。"

游子遇把她抱到腿上，哄孩子一样晃着："老婆。"

"嗯？"

"趁着你这次假长，我们要个孩子吧？正好可以养胎。"

丛静靠着他的胸口："那你要戒烟戒酒，不要熬夜。"

"我们结婚后，我生活已经很规律了。"

戒烟少酒，早睡早起，规律饮食，定期运动，几年前的他想都不敢想，都是因为她那一句话。

她想了想，换了个姿势，跪坐着，动手解他的衣领纽扣："那我们就要吧。"

那之后，他们每次都没做措施。

但是因为丛静前几个月工作压力大，他们备孕失败了。

本来丛静没那么想生孩子的，备孕期间，刷到太多相关的，反而很想要一个属于他们的孩子了。

游子遇说："放松心情，别刻意去想，我们顺其自然。"

又到了新一届学生入校期。

丛静还是从初一带起，在私立学校不好的，就是压力大。

学校这回要求她当一个班的班主任，她没经验，班里频频出事，操心操得激素都不调了，她都不敢怀孕。

游子遇心疼她，说："要不你跟学校协商一下，让你继续当科任老师。"

丛静想坚持一下，就当锻炼自己。

"要是太辛苦了，一定要提，身体是第一位的。班主任多那几块钱工资咱也不稀罕。"

"好。"

到放暑假，丛静才终于轻松了点，游子遇抓准这个时机，给她调养身体。

也就是这个时候，她怀上了宝宝。

预产期前一个月，丛静才休假在家待产。

这年春天，丛静生下一个女孩，他们为她取名"游泠善"，出自《逍遥游》，他们希望她活得逍遥。

徐梦宁认了善善做干女儿，给她寄来一对金锁。

丛静月子是在月子中心坐的，既省事，又得到周全的照顾。

游子遇专门请了一位经验丰富的保姆照顾她娘俩。

月子坐完，学校也快放暑假了，丛静干脆在家里锻炼，恢复身材。

赵光韬放假回来，对小侄女喜欢得不得了，隔三岔五跑来他们家看她。

他上高中就开始长个儿、变声了，善善起初会被他吓哭，熟了之后还会抓着他的手指玩。

他对丛静说："嫂嫂，嫂嫂，她对我笑了哎！"

游子遇和女儿相处的时间，还没赵光韬和她的长，于是，他一得空，就把善善抱出去，不让赵光韬见。

丛静好笑："你多大了，还跟弟弟争风吃醋。"

"万一她不认我怎么办？"

"哪有，她一看到你就笑，韬韬还得逗她，她才笑。"

游子遇心软得不行："果然是我的宝贝。"吧嗒一口在她脸上留一个口水印。

游泠善又咯咯笑起来，声如银铃般清脆，听得游子遇又叭叭叭亲她，亲完，又去亲丛静。

"我的好老婆，给我生了个好女儿，夫复何求啊。"

何承远也很喜欢曾外孙女，经常叫丛静带善善回何家。游子遇对他还是不待见，但也默许老婆、孩子过去。

而游立林，依旧醉心事业，他只令赵心慧往他们那儿送过几次礼。

其他那些叔伯姑姑、兄弟姐妹，对游子遇来说，都是无关紧要的人，他和丛静日子过得顺遂无虞就够了。

婚礼请柬上，有两人亲笔写的两句话：

"去听，山呼海啸的思念。"

"去看，排山倒海的爱恋。"

终有一个人，会跨过山与海，来倾心爱你。

【小剧场】

很多年后，在小孩子已经不看巴啦啦小魔仙的时代。

游泠善小朋友长大了，她觉得自己是大孩子了，她听到妈妈有时会叫爸爸"游乐王子"，她很好奇："游乐王子是什么？"

丛静说："呃……是很久很久以前，住在魔仙堡里，一个会魔法的王子。"

她跑到游子遇面前，睁着大眼睛，问："爸爸，你会魔法吗？"

他说："会啊，等一下哦。"

游子遇转过身，手指翻飞，几下折出一个纸兔子："锵锵！"

善善撇嘴："这才不是魔法，妈妈也会。"

他把她抱起来："你就是爸爸用魔法变出来的呀。"

"才不是！"她愤怒了，觉得爸爸在耍她，"老师说过，我们是妈妈怀胎十月生下来的。"

从静走过来，游子遇一手牵过老婆，一手抱着女儿，说："你是爸爸妈妈用爱的魔法变出来的。"

他们相视一笑，她"嗯"了声，以表附和。

游泠善便开始认真思考，爸爸是不是真的会魔法这件事。

番外三

游泠善小朋友二三事

LUTING
SHANHUHAIXIAODESINIAN

　　游泠善小朋友是在爱的包围下长大的。

　　当然，不是无条件、无底线的爱。

　　丛静作为一名语文老师，在教导孩子方面，有自己的原则和坚持。

　　而游子遇从小没得到父爱，便对女儿很上心，基本上是她要什么，就给什么，哪怕还在睡觉，被女儿骑在头上，也不气不恼。

　　具体的事件是这样的：

　　周末大清早的，没被闹钟叫醒，反而被女儿的屁股墩压醒。

　　善善揪着他的被子，想往里钻。游子遇把她扯下来："干吗呀宝贝？"

　　善善耍无赖地翻滚着："我要跟你们睡嘛。"

　　游子遇看了眼旁边的丛静，她皱起了眉，他飞快起床把女儿往外抱，小声哄着："爸爸带你出去玩，别吵妈妈。"

　　等丛静醒来，一大一小已经不在家了。

　　她倒乐得轻松。女儿不知道随谁，闹腾得很，她一个人难制

.234.

得住。

家里请了阿姨，她端了一份早餐来。丛静又给自己泡了一杯麦片，悠闲地吃喝。

大约过了两个小时，丛静坐不住了。

游子遇把人带哪儿去了？这么久了还没回来？

电话拨过去，背景吵闹得很，善善在喊："妈妈！我们在看海豚表演！爸爸说晚点回家！"

丛静说："把电话给爸爸。"

游子遇接过："喂？老婆？"

"那地方人多，看着点善善。注意安全，注意防晒。"

"明白，放心。"

丛静怎么放心得下来，直到晚上他们回来。

乍一看，不见善善，往后一找，只见她拽着游子遇的衣服，蹲着走路，衣服都拽变形了。

游子遇放下大包小包的东西，张开手臂："累死了，老婆抱一下。"

丛静把他推开："你怎么又给她买这么多东西？"

衣服、鞋、玩偶、拼图，还有一些她没见过的玩意儿。

"她想要就买了。"

善善睁着一双酷似游子遇的眼睛看丛静，丛静教训的话也就咽回去了。

她把女儿抱起："我带她去洗澡，晚点跟你说。"

善善累了一天，入睡很快，丛静盘腿坐在床上，肃着一张脸。

即便生了孩子，又工作好几年，但她保养得好，与结婚前差不多，只是气质成熟了些。

游子遇知道她要说什么，先发制人："家庭给她足够好的经济条件，将来她就不会被乱七八糟的男人骗走。"

丛静无奈："可你看她房间堆了多少东西，她玩几次就再也不碰了。"

他无所谓地说："拿去捐掉就是了。"

"你会养成她这种铺张浪费的习惯，惯得太过，她以后经不起打击的。"

"有我们护着，能经历什么挫折。"

丛静动气了，拔高音调："游子遇！"

"别气别气，生气伤身。"比起小的，大的难哄多了，"你说怎么办，都听你的。"

她捶了他一下："你不能一味宠着她，你得教她。比如给她设立一个小目标，做到了才能给奖励。"

"好好好。"

"你要告诉她，付出才有回报，而不是喊'爸爸妈妈'就能管用的。她都几岁了，还张嘴要爸爸喂饭。"

"好好好。"

"你……"丛静狐疑，"你在听吗？"

游子遇扬扬手机，显示备忘录界面："记着呢。"

"你清理一下她房间的毛绒玩具，放久了生尘螨，容易引起过敏。"

他一一记下，记完放了手机去抱她，贴着她的鬓边亲："嘴上说得严厉，每次最记挂善善的也是你。"

游子遇太懂她了。

前阵子，一众老师组织团建旅行，她出外一周，每天晚上打电话问善善。

她不是不放心游子遇，就是记挂孩子。

丛静被游子遇亲得躺下，伸胳膊搂住他的腰。

结婚几年，夫妻俩越来越像，亲密得也越来越熟稔。

事毕，游子遇将她的长发拢起，拨到一边，亲她起了汗意的脖子，将她整个儿圈住。

"你每天操心学生，还要操心女儿，不累吗？"

"等善善大一点，各方面定型了，就不用管这么多了。"

游子遇说："不会等她的孩子出生，你也这么说吧？"

"那我可不管了，到时我退休，去逍遥快活了。"丛静换了个姿势，更舒服地窝在他怀里，"父母庇佑他们到长大，后面的人生是他们自己的，顶多给予一定的支持。"

这也是她父母教给她的。

她的诞生，是生命予以世界的馈赠，她不是父母的私有品。

游子遇爱丛静，从来是爱她有一颗剔透的玲珑心。

有句话说，所有能成大事的男人，都是为了一个女人。

虽不可一概而论，但游子遇的确如此，如今还加了一个女儿。

他决心不依靠游家，跟着何卉凤打拼事业，不过是想给她们更富足的生活。

但丛静不依赖于他，自大学起她便有独立生活的能力，在生活上，他反而是向她学习。

游乐王子到了人间，不过一介凡人。

游泠善小朋友不知道父母因她的教育问题，发生过多少次大大小小的摩擦，但小孩子的心是敏锐的。

她知道，对她百依百顺的爸爸爱她，也知道对她诸多要求的妈妈爱她。

上小学的第一天，父母一起送她去上学。

丛静穿一袭白色长裙，蹲在她面前，裙摆微微扫地。

丛静叮嘱许多，善善依依不舍地抱住她的脖子，抽抽搭搭地说："妈妈，我跟你去你学校好不好？"

丛静无奈："你还没到上中学的年纪呢。"

"我很聪明的，我可以。"

游子遇好笑，一把轻松抱起她，抹了抹她脸上的泪痕："那你也可以乖乖上学，对吗？"

"爸爸你陪我。"

他耐心极了："学校有老师，有同学陪你呢。"

"我不认识他们。"

丛静赶着去上班，游子遇哄了好一会儿才把善善哄进教室。

这两年丛静没当班主任，她下午有空，来接善善放学，见她跟一个小女生手拉手走出来。

路上，她问善善："今天在学校感觉怎么样？"

"很好玩！"善善叽叽喳喳地说起同桌带的玩具，又说老师跟妈妈一样漂亮。

丛静逗她："那是妈妈漂亮还是老师漂亮？"

眼睛滴溜溜转了下，她笑嘻嘻地说："妈妈是我们家最漂亮的，老师是她们家最漂亮的！"

路上，丛静买了善善爱吃的虾，这点女儿倒是像游子遇。

刚进小区，善善牵着丛静的手蹦蹦跳跳的，突然抬手指着某个方向："那是姨奶奶的车！"

善善的确很聪明，她记得家里人的车牌号。

何卉凤是专程来看善善的，丛静请她到家里吃饭。

游子遇带着善善玩，她趴在他腿上，他牵她的手，上上下下地抬腿，善善咯咯笑。

何卉凤见了，跟丛静说："以前真的没想过，他有孩子之后是这样的。"

阿姨切了水果端出来，又去料理丛静买到的食材，丛静说："游子自己还跟个孩子似的。"

"那是在家，在你们面前。他这几年成熟特别多，他外公也这么说。"

"这倒是。"

何卉凤感慨："如果不是有你，还不知道他怎么浑浑噩噩地混到今天呢。"

类似的话，游子遇也对她说过。

他说，我是因为你，才觉得这样的日常生活有趣的。

游泠善上小学要求写的第一篇作文，命题为《我的家》，家长辅导。

丛静问她："你觉得我们家是什么样子的？"

她很认真地想了会儿，说："像花园。"

小孩子的思维方式与大人不一样，于是丛静又问："为什么呢？"

善善说："是一只小蝴蝶，家里到处是花呀，草呀。"她张开手臂，模仿蝴蝶飞舞，"墙壁是围栏。"

"那爸爸妈妈呢？"

"唔……爸爸是石头，妈妈是紫荆花。"

丛静笑："你是说爸爸丑吗？"

游子遇路过，瞥了她一眼。

"才不是，"善善摇头，"爸爸超级厉害！"

丛静懂她的逻辑了，她觉得石头坚硬，是很了不起的东西。

游子遇亲了善善一口："果然是我的宝贝女儿。"又亲了亲丛静，"还有我的宝贝老婆。"

"去忙你的，别妨碍我们。"

善善一副若有所思的样子，丛静戳戳她的脸："怎么啦？"

"爸爸应该是蜜蜂，蜜蜂采花蜜就是爸爸那样的。"

"……"

游子遇笑得不行，被丛静瞪了眼，施施然走开了。

其实丛静有一点忧虑的是，当着孩子的面卿卿我我，会不会不太好。

游子遇在家我行我素，想亲就亲，想抱就抱，还被善善撞见过，手放进她衣服里。

善善一脸天真地问："爸爸，你是手凉，用妈妈焐手吗？"

因为他也用手去冰她的脖子，会冰得她一缩。

但是当游子遇应丛静要求，关起门才能亲热，善善又忧愁地问他："爸爸，你是在外面有别的女人了吗？"

吃着饭，他差点呛死："我没有，宝贝你别胡说，我只有你妈。"

丛静倒是淡定："为什么这么说？"

"因为爸爸不亲妈妈了，是不是因为你不爱妈妈了？"

游子遇哭笑不得，说："是因为爱妈妈才不亲她。"

善善的眼睛又叮地亮了："妈妈，你怀小宝宝了吗？干妈说她怀宝宝的时候，干爸亲她一下，她就想吐。"

"……"

干妈是徐梦宁，是有这么一回事，但丛静真是跟不上她的思路。

丛静绝望地把脸埋在游子遇肩膀上，听他笑着说："其实父母恩爱，会提升孩子的幸福感，没必要再避着她。"

"万一她小小年纪就想谈恋爱怎么办？"

"告诉她，外面男人得有她爸一半好，才有纳入考虑范围的资格。"

"……"

恋爱十周年，游子遇带丛静出国旅游，还拍了组写真。

善善知道后，很不开心，说为什么不带她。

游子遇说："我们谈恋爱，跟你有什么关系？"

"你们都结婚了。"

"结婚是形式，恋爱是本质。我跟你妈要谈一辈子恋爱，知道吗？"

善善不懂，但她知道，他们每次过周年纪念日出去玩，都不带她，她很愤怒。

游子遇苦口婆心："儿童节、你生日，我们都陪你过，总得让我们过过二人世界吧？要是影响爸爸妈妈的感情，把你送人，不要你了怎么办？"

善善被吓哭："不要，我要爸爸妈妈一直在一起。"

他满意地点点头："所以啊，爸爸妈妈得单独培养感情，还有啊，你要是看到有男人找妈妈说话，你得帮爸爸盯着点。"

善善从本子上撕了一页纸，写上大大的几个字——《保护爸妈感情作战计划》。

丛静："……"

迟早被他们父女俩噎死。

番外四

我爱你

婚后某一天。

丛静突然问游子遇："你说，如果我大学答应你的追求，我们现在还能在一起吗？"

游子遇当时在给善善泡奶粉，不知道会不会烫，尝了点，咂摸着烫了，再兑点凉水。

闻言，他想也不想地说："当然。"

丛静说："不一定，追人太容易，男人通常不会珍惜。"

善善抱着奶瓶喝得满足，游子遇搂过妻子，认真地跟她探讨起这个不可能的假设。

"很多人是先确定关系再交往，我们其实算先交往再确定关系？"

毕竟在当时的朋友同学看来，他们成天出双入对的，跟情侣无异了。

"但是这种'试探'，其实不适用于我们。我们本身就很契合，不是吗？"

他们是什么样的人，在恋爱的前后，并没有发生改变。只是谈久了，难免有些像对方。

丛静说："可那时你摆脱不了游家，身份地位的差异，会让我觉得，攀上高枝，不是值得炫耀的荣誉，而是摇摇欲坠的危险。"

不是自卑，是理智，古话讲门当户对，自有它的道理。

不知道是不是有所思有所梦，丛静做了一个大学时期的梦。

它与现实有出入，但梦境里的故事，按照丛静曾想象过的发展。

军训时，游子遇出现在军训场边，他懒懒散散地坐在荫处，冷眼旁观他们在太阳底下暴晒。

教官吹口哨，原地休息，徐梦宁戳戳丛静的背，低声说："这不是那天你说长得很帅的学长吗？"

丛静"嗯"了声："是他。"

"他来这儿干吗？是哪个班的班助吗？"

正说着，几个男生搬来泡沫箱，拿出一杯杯西瓜汁，一看就是冰的。

对于他们，简直好比沙漠行人眼前的绿洲，但，也许是海市蜃楼。

徐梦宁眼馋地咽了下口水："哪个连队的啊？福利这么好，羡慕死了。"

是他们连队的。

有人跟教官交涉两句，将西瓜汁分发，而且是，免费。

徐梦宁目瞪口呆："哪里来的富豪做慈善？"

丛静心念一动，转头，和游子遇的目光对上。他朝她笑了下，走了。

直觉告诉她，是他。

第二天是橙汁，第三天是奶茶……一直送到军训结束。

别人什么想法丛静不知道，总之她胆战心惊的，游子遇这架势是要干吗？

检阅仪式后，她们休息两个小时，宿舍几人打算去外面搓一顿，犒劳这半月的辛苦。

到学校门口，正要打车，停在路边的一辆奥迪车窗缓缓降下，露出驾驶座游子遇那张脸："去哪儿？我送你们。"

四个人，刚好坐得下。可他的目光落在丛静的身上，也得她先开口。

徐梦宁在暗处搡了搡她。

丛静说："……我们去吃小龙虾。"

游子遇载她们去那家店。学姐推荐的，据说晚上人爆满，得早点去。

红灯，车停，显示等待时间还有六十多秒。

游子遇的手指叩着皮质套方向盘，一下一下的，丛静默默地在心里数着拍子。

"黑了点。"

"啊？"她没反应过来。

他笑了声："我是说，没涂防晒霜？"

她小声说："涂了，没啥用。"

后排的三个室友一声不吭，甚至屏住呼吸，想降低存在感。

可丛静忽略不了。

她把脸偏过去，看街景，一副不想交流的态度。他自知无趣，不再搭话，她只是觉得尴尬。

结果一行人到得早，专做夜晚生意的小龙虾店还没开门。

徐梦宁对其他两个室友说："去奶茶店坐着等等？"

那两个室友觉得可行。

她们扭头找丛静，发现她和游子遇在车边说话。

他半倚着车门，站得没形，手插裤兜里，衣角被风吹得掀起，面前的女生要微微仰头，才能和他对视。

一个室友小声说："觉不觉得这画面挺偶像剧的？"

"霸总和灰姑娘的经典剧情？"

同样是大学生，游子遇开奥迪，丛静穿五十块钱的 T 恤，可不是嘛。

过了几分钟，丛静过来，徐梦宁问："你们刚刚在聊什么？"

丛静捋了下鬓发："没什么，感谢他送我们。"

她余光瞥到，游子遇开车走了，脑海里回响起他的话："没看出来，我不是出于好心，我是想追你？"

再见游子遇，是部门第一次例会。

部长发言，然后是游子遇。

他没说官方话，语气轻松："我们也是从大一被折磨过来的，所以有怨言在背后说，别叫我们听到了啊。"

部长在底下吐槽他："你是要在第一天就把学弟学妹吓跑吗？"

一唱一和，逗得他们笑。

游子遇走下台，却没回到原位置，而是坐到丛静斜后方。

她下意识地瞟了一眼，他懒散地向后靠，两指夹着手机转。

见她看来，他身体前倾，坦然说："有什么问题，尽管问我。"

"谢谢学长。"

"不客气。"

丛静没有问题找游子遇，他倒是先来找她要她们的课程表了。

"不是说要追你？得给个机会吧？"

鬼使神差地，她就发了教务系统的学期课程安排给他。

那之后，游子遇以一种静水流深的方式追丛静。

并不大张旗鼓，兴师动众。但汉语言专业男生少，好看的男生更是屈指可数，他的存在过于醒目，没多久就传开商学院的游子遇在追丛静的传言。

这人一看就是个不差钱的主儿，一身名牌不说，几个大学生在学校开车？

更为这桩追求增添偶像剧色彩。

如果丛静立马答应，那故事就平平无奇了。

一直到新学年，游子遇若即若离地追着，偶尔送她早餐，陪她上课，陪她兼职，但始终没有正式提出"做我女朋友"。

契机在大二的七夕。

游子遇约丛静出来，他手里拎着一盏手工制作，样式精美的花灯，他将它递给她。

"谢谢。"

"今天是七夕，你知道吧？"他目光灼灼地看着她，漫不经心地说着，"你答应和我约会，我就当你同意了。"

"什么？"

"你没有拒绝我，一年的考察期，够了？"

他去牵她另一只手："我订了餐厅，走吧。"

从静稀里糊涂地成了游子遇的女朋友。

那之后，牵手、拥抱、接吻，成了寻常的事。

他送她礼物，接送她兼职，期中、期末陪她一起泡图书馆复习，会带她去一些她从未踏足过的地方，到假期，他又安排出游计划。

与所有情侣无异。

可异常的是，所有恋爱开销，都是游子遇一个人出。

他说："你的钱攒着不就好了，我有的是钱，就由我出呗。"

这让丛静感到莫大的压力。

室友、同学都在羡慕她，找了个这么有钱的男朋友，不管中间是否夹杂恶意，但她越发别扭。

她只想普通地谈个恋爱，她不需要依靠他满足她的物质需求。

她提了分手。

游子遇不同意，她无力地说："你的吃穿用度，是我和我的家庭负担不起的；我早餐吃馒头配稀饭，是你大少爷看都不会看一眼的；我兼职时薪二十块，你大概还会想，为了这么点钱，何苦累死累活。"

他沉声说："我没有，你不能以你的想法来揣度我的。"

"可你必须得承认，阶级差异，在我们之间，容易造成许多问题。"

"任何事情，我可以配合你，但分手不行。"

丛静转身欲走，他拖拽住她，眼里覆上一层阴霾："为什么别人觉得，这是一条捷径，你却觉得是负担？"

　　"因为那不属于我。"

　　"如果我跟你说，以后我们会结婚，这一切是夫妻共同财产，你还会觉得不属于你吗？"

　　…………

　　醒来，丛静笑出了声。

　　那个问题大概注定无解，即便在梦里推演，也落得个烂尾结局。

　　但无论梦里梦外，游子遇一如既往的死乞白赖。

　　而同样在梦乡里的游子遇，下意识地伸臂去揽她，直到把她揽到怀里，才安分下来。

　　天还没亮。

　　丛静啄了下他的下巴，靠着他的胸膛，继续睡去。

　　早上，夫妻俩被善善的哭声吵醒。

　　游子遇现在已经很熟练了，给她换尿布，擦屁屁，泡奶粉，抱在怀里晃着，轻声哄慰。

　　人生不是只有一条路，但一旦选择一条走上去，其他路途风景如何，便难以得知。

　　至少，到目前为止，丛静从未有一刻后悔过，和游子遇在一起，和他组成家庭。

　　他臂弯里躺着他们可爱的女儿，她眼角犹挂着泪痕，用力地吮着奶嘴，腮帮子一鼓一缩，喝饱后，打了个奶嗝，他用湿巾擦去奶渍。

善善抓着他的一根手指玩，他却抬头看丛静，笑着说："盯着我干吗？被你老公帅到了？"

　　"嗯，是啊。"丛静捧住他的脸，踮脚吻了吻他的唇，"我爱你。"

　　爱已经融入一蔬一饭，爱是看云也可爱，看山也可爱，望向他，又是满腔的柔情，化作春水，淌在心间。

　　天边第一道挤出地平线的晨光，玻璃杯折射出来的小彩虹，冬日暖阳下毛发柔软的玩偶，窗格玻璃外富有活力的小孩子，既普通，又美好。

　　更为幸运的是，陪她看这些风景的，是她爱，也爱她的人。